당신의 마당

당신의 마당

詩로 다시 태어나는 월하 김달진의 고향, 진해

김달진문학제 운영위원회 엮음

김종길 외 지음

문학동네

작은 시집, 그러나 크고 오래갈 울림

남녘의 아름다운 도시 진해에서 월하 김달진 시인의 삶과 문학을 이음매로 삼아, 청신한 문학의 기운을 일구어 나가고자 몇 사람이 뜻을 모았던 때가 네 해 전이었습니다. 그 사이 여러분들이 베풀어주신 남다른 노력과 도움은 세 차례에 걸쳐 이루어진 '김달진문학제'의 소중한 밑거름이 되었습니다. 나라 곳곳에서 많은 문학인들이 진해로 귀한 걸음을 주셨고, 기꺼이 행사를 가꾸어주셨습니다.

더욱이 세 차례의 행사를 위해 진해로 고마운 걸음을 하신 시인들 가운데는 그 겪은 바와 흥취를 작품으로 고스란히 되돌려주신 분이 많았습니다. 진해라는 특정 지역을 글감으로 삼아 전국의 유수한 시인들이 한 권의 시집을 마련해주신 것입니다. 이는 우리 근·현대문학의 흐름 속에서 유래가 드문 일일 뿐 아니라 월하 김달진 시인의 삶과 문학이 뿜어내는 훈향의 한자락이 멀리 끼친 바라 생각합니다.

이제 우리는 이 작은 시집 한 권을 진해시의 새로운 문화자산으로, 진해 사랑의 조그만 디딤돌로 문학을 사랑하는 모든 분들에게 올려드립니다. 바람직한 지역 문화, 지역 사랑의 바탕을 닦기 위해 노력하는 분들에게도 한 격려가 되었으면 합니다. 흔쾌히 시를 보내주신 51분의 시인들과 어려운 시기임에도 우리의 뜻이 한 권의 책으로 영글도록 해주신 '문학동네'에 고마움을 전합니다.

김병로 진해 시장은 일의 처음부터 '김달진문학제'의 기쁨과 어려움을 함께하였습니다. 시청의 관계자, 그리고 푸른 도시 진해의 시민들 또한 마찬가지였습니다. 겉보기엔 작으나 그 울림만은 결코 작지 않은 이 시집을 묶는 즐거움과 보람을 그분들과 소중하게 나누려는 까닭은 여기에 있습니다.

1999. 5
김달진문학제 운영위원회 올림

시(詩)로 도시가 태어나는 놀랍고 아름다운 일

박완서(소설가)

진해 하면 군항, 대통령 별장, 그리고 벚꽃 등을 떠올리곤 했다. 이제는 아니다. 진해 하면 곧장 시인 김달진이 떠오른다. 그곳은 봄철만 되면 화면이나 소문으로 그 화사함이 가장 널리 선전되는 고장이어서 그런지 가보고 싶단 생각이 별로 안 들었다. 김달진문학제가 아니었으면 아마 생전 못 가보고 말았을지도 모른다. 솔직히 말해서 나는 김달진 선생님이 생존해 계실 때 그분의 시를 접해본 적이 있는 것 같지 않다. 그분의 시를 모르면서도 그분을 속세의 영욕에 초연한 드물게 맑고 높은 정신을 가진 큰어른으로 알고 있었던 것은, 얼핏이나마 그분이 번역한 『한산시(寒山詩)』나 『장자(莊子)』 등을 접할 기회가 있었기 때문일 것이다.

처음 김달진문학제에 초대받았을 때만 해도 문화적으로 척박한 고장이 어떡허든 그 고장 출신 문화인의 덕을 입어보려는 애처로운 노력만 같아 뜨악했다. 그런 노력을 낮추어 보려는 게 아니라 그런 일에 으레 뒤따르기 마련인 행사 위주의 떠들썩한 과장, 과찬이 그분에게 누가 될 것 같아 민망했던 것이다. 그때까지도 나는 그분을 독자적으로 보지 못하고 한산(寒山)과 혼동하여 불자(佛者)나 은자(隱者)에 가까운 분으로 여겼던 것 같다. 막상 참가해보니 예상했던 것보다 훨씬 더 진지하고 알맞게 성대하여 진해가 얼마나 극진하게 김달진을 기리고 자랑스럽게 여기나가 피부로 느껴졌다. 실속도 겉모양 못지않아서 평소 존경하던 학자나 시인 등 전문가들에 의해 그의 시가 심도 있게 논의되는 걸 보면서 그분의 시에 문외한이나 다름없었던 나 같은 사람도 그분의 시세계에 어렴풋하게나마 눈뜰 수 있는 계기가 되었다. 가을의 진해는 그 유명한 벚꽃을 볼 수 없어서 더욱 유정했고, 그분의 생가와 그 동네도 조촐하나 어딘지 범상치 않은 정신의 맥이 흐르고 있는 것 같아 인상적이었다. 군항과 벚꽃이라는 고착된 이미지를 가진 도시가 정작 그 갈피에 소중하게 숨기고 있던 게 시인(詩人)이었다는 건 그 얼마나 놀랍고 신선한 의외성인가. 처음에 진해는 아끼던 보석을 자랑하듯 살짝만 그것을 보여주더니 해를 거듭할수록 그 보석이 빛을 발하는 걸 보니 갈고 닦는데도 쉼이 없는 것 같다.

진해는 김달진의 몸을 낳아준 대신, 김달진으로 인하여 마음을 얻었다. 여기 이렇게 많은 쟁쟁한 시인들이 진해를 노래한 것도 단지 풍광에 매료되어서만은 아닐 것이다. 우리 시인들이 어떤 시인들이라고 마음이 빈 공허한 풍광을 보고 단지 경치가 좋다

는 이유만으로 노래를 불렀겠는가. 진해를 노래한 시들인데도 김
달진에 대한 헌시처럼 읽히는 것도 그런 까닭일 것이다. 사후에
이런 아름다운 꽃다발을 받은 시인도 드물 것이라 부러운 마음
으로 꽃 대신 꽃을 묶는 리본이라도 되었으면 하고 이 안 해도
될 뒷말을 보탠다.

차례

진해

강세화

꽃잎 한 장 둘레만한 동네
꽃잎 한 장 일어나 춤추고 있다.

꽃잎 한 장
파도 타고
꽃잎 한 장
산마루서 바다를 보고 있다.

부드럽고
부끄럽고
아름다운
꽃잎 한 장.

꽃잎 한 장에 하늘이 지고
꽃잎 한 장은 내 안에 있다.

남으로 띄우는 편지

고두현

봄볕 푸르거니
겨우내 엎드렸던 볏짚
풀어놓고 언 잠 자던 지붕 밑
손 따숩게 들춰보아라.
거기 꽃소식 벌써 듣는데
아직 설레는 가슴 남았거든
이 바람 끝으로
옷섶 한 켠 열어두는 것
잊지 않으마.
내 살아 잃어버린 중에서
가장 오래도록
빛나는 너.

벚꽃 축제 3
— 화려한 욕망

김경수

진해시로 들어서는 국도변
환한 대낮, 벚꽃들이 만발한 벚꽃나무들의 길
기분이 들뜬 연인들이 속삭이며 줄을 이어 걸어가는
그 길을 홀로 걸어간다.
분홍빛으로 볼이 빨개진 벚꽃잎들끼리의
열정적으로 키스만큼이나 눈부신
벚꽃잎 아래에서 젊은 연인들의 긴 포옹
너무 맑고 파란 하늘을 배경으로 길은 일순간에
벚꽃들과 벚나무 통나무로 만들어진 방갈로들
그 환상적인 벚꽃나무 집들의 나라로 뒤바뀌고
환상의 나라로 변한 진해항 앞바다에서
크고 투명하도록 하얀 조개 껍질을 열고
환한 빛으로 일어서는 알몸의 비너스를 본다.
인사하는 벚꽃잎들이 바람에 출렁일 때마다
조금씩 몸을 일으켜 세우는 비너스
검고 무릎까지 오는 긴 머리카락으로
부끄러운 부위만 간신히 가리고 일어서는 비너스
벚꽃잎들의 화려한 춤 속에서

길고 짙은 비너스의 속눈썹을

비너스의 풍만한 유방을

비너스의 잘록한 허리를

알맞게 튀어나온 비너스의 엉덩이를

비너스의 늘씬한 각선미를

나는 환상에 젖으며 오랫동안 바라본다.

진해 군항제 퍼레이드 관현악 선율에 맞춰

선정적이지만 아름다운 자태로 춤을 추는 비너스

화려한 미소를 띤 채 언제까지나 유혹하는

벚꽃잎들의 강 옆에서

끊임없이 환상에 젖는 나는

황홀한 광경에 발이 묶인 섬으로 떠 있다.

진해 벚꽃 나라에서 발견한 비너스

살아 있는 자들만이 즐길 특권이 있는 벚꽃 축제여.

안민 언덕에서

김교한

거친 바람 다스려온 빛 맑은 아침 바다.
새들도 흔들리지 않는 나뭇가지에 앉듯이
잔잔히 물결이 치는 마음 한 자락 여기 포갠다.

하늘 깨칠 소리 감춰 꿈틀거린 푸른 산맥
실안개 희끗희끗 미명(未明)의 숲을 열고
사계절 풋내들 두른 기상도 한결 높아.

평온한 바다의 성이 속 깊이 눈뜨고 있다.
언제나 그리움에 초대받은 설레임
발돋운 비상의 날개가 풍요롭게 굴신(屈伸)한다.

1995년 봄, 진해로 오다

김명순

저녁 햇살 잔그림자에
수줍은 볼을 붉히곤
살포시 돌아앉은 장복산.

뽀-얀
설레임……으로 찾아든

아직은 낯설은 사람들의 도시

해마다 4월이면
세월의 결을 따라
먼지 내려앉은
낡은, TV 화면을 화사하게 채색하던 군항제.

연분홍 꽃잎의 수줍은 흩날림은
저도 몰래
언뜻 불거져나오는
푸른 그리움을 뜨거운 혈관 속에 묻어두었다.

알지 못할 그리움이

꼬-옥 찍어둔

작은 발자국 따라 밟아

끝없이 돌아든

장복산 치맛자락에 안겨

고른 숨결 잠든 작은 도시.

어머니의 마음으로

눈뜨기 시작한 별빛들이

소복이 그네들의 머리 위로 내려앉고 있었다.

진해에서

김석규

긴 굴을 빠져나가면 금방 꽃그늘이다.
진해는 한반도의 예쁜 진주알
오랜 세월 잔잔한 바닷물에 발을 담그고 선
장복산이 따뜻하게 한 자락을 펼쳐놓고
그 오지랖에다 바다를 불러서 포개고 있다.
진해에 꽃이 피기 전에는 아직 봄이 아니다.
나라 안 모든 벚나무들의 개화를 통제하는 사령탑
서둘러 꽃소식을 내보내느라 일찍부터 부산하다.
처음으로 사랑을 배워 눈짓하기 시작하는
향기로운 젊은이들은 소금 한 주먹 마시고
눈부시게 제복을 차려입은 햇살이 거리로 쏟아져나오는 정오
금빛 견장의 높이에서는 푸른 함적이 뛰어내린다.
부르면 이내 대답하는 젖은 섬과 섬들 사이
한 번도 속 썩일 일 없는 바다로 나가
사람들은 부지런히 투망질을 하고
벌들의 날개 소리 온통 넘쳐나는 꽃그늘 속으로
한 무리의 수병들이 구호에 맞춰 달려간다.

20

꽃그늘 아래서 본 진해

김우태

벚꽃 터널 그 꽃그늘 아래서 본다, 세상의 아름다움과
추함을, 역사의 화려한 치장과 이율배반을,
나는 걸으면서 듣는다, 연인들의 행복에 겨운
웃음소리를, 군함의 포성 소리를,
나는 어쩔 수 없이 본다, 여좌동 태백동의
낡은 적산가옥과 방사선 팔거리에 휘날리는
일장기를, 고풍스런 러시아식 진해 우체국에서 소포를
보내고 나오는 중년 여인을, 철조망 너머
미군 통제부의 파란 잔디를, 마치 아무 일 없었던 듯이
보아야 한다, 만국기 사이로 애써 머리를 내민
충무공 동상을, 피가 거꾸로 솟구치는 분수가 남몰래
경련을 일으키는 4월 축제를,
휘날리는 꽃잎에서 나는 또 본다, 겁탈당해
미쳐버린 귓불 붉은 곰마실 처녀의 해실해실한
웃음을, 치마를 걷어올린 박속 같은 허벅지살을,
그 끝이 어디를 향하는지도 모르는 구경꾼의 저
철딱서니없는 손가락질을,
나는 본다, 기억과 망각 사이를 배회하는 도시를,

베내고 심고 베내고 심고를 되풀이해온 벚나무의
각기 다른 굵기를, 육대에서 철거돼 도서관으로
슬며시 자리를 옮긴 유신수호 조각상을, 저 멀리
저도의 별장과 탑산의 내력을,
그리고 나는 또 본다, 예전엔
아무 일도 없었던 것처럼 오늘 열심히
카메라 셔터를 눌러대는 평범한 사람들의
즐거운 한때를, 술판의 북적거림을, 꽃과 사람이
하나로 파도치는 축제의 밤을,
처음 보면 탄성이, 끝에 보면 탄식이 절로 나온다는
저 벚꽃 아래서 나는 속수무책으로 벚꽃의
향기에 취한다. 취해서 켜켜이 쌓인 역사의
먼지를 봄비로 말갛게 씻어내고 화사하게 피어난
저 벚꽃을 다시 보며 진해는 해마다 새롭게
태어나는 도시임을 나는 깨닫는다.
이 모든 것— 역사의 이율배반과 이율배반의
역사가 송두리째 녹아 있는 진해를 모르고
진해를 사랑할 수 없음을 나는 본다,

벚꽃 터널 그 꽃그늘 아래서,

내가 처음 진해 갔을 때

김종길

마산시 중성동 59번지
김춘수 시인 댁 마당
평상 위에 친 모기장 속에서

눅눅히 젖은 달을 쳐다보며
주인과 둘이서 하룻밤을 보내고
첫 배를 탄다고 내려갔던 어둑한 골목

바다가 어떻게나 고요했던지
나는 갑판의 벤치 위에서 다시 잠들었다가
배가 부두에 덜커덩하고 닿는 바람에
잠이 깨었지

고 윤일주 형이 해군 대위였던
지금으로부터 마흔두 해 전
어느 여름날 아침.

거기 바로 거기 진해

나태주

바람 불어 구름 높고
하늘 맑은 날은 생각한다
기차를 타고서 버스를 타고서
한나절 찾아가고픈 남쪽
바닷가 어디쯤 있겠거니
오래 묵었으되 때묻지 않고
크지만 거만하지 않은 도시
쪼보장한 골목길 돌고 돌아
아름드리 나무가 마주 나오고
소금 비린내 바다 비린내 나보족히
막아서는 곳
세상살이 힘겹고 마음
답답한 날은 생각한다
구름 높고 하늘 맑은 남쪽
어디쯤 있겠거니
꽃같이 고운 사람들이 사는 곳
꽃같이 고운 마음들이 모여 사는 곳
거기 바로 거기 진해!

진해에서

나태주

세상이 온통 망조가 들고
그만 쓰레기에 싸여도
대한민국 아랫녘 마을
진해가 있다는 건 얼마나
고마운 일이신가

눈이 가는 곳마다 눈길 부드럽고
가슴 펼 때마다 고른 숨 쉬어지는 곳
나지막한 집들이 고개 들고 나서고
골목마다 거리마다 푸르고
건강한 나무들 마중나오는 곳

거기 거만하지는 않지만
자존심 높은 사람들
살고 있다
홍수져 흙탕물 흘러넘치는
강가에 맑고 깊은 샘물이 솟듯
대한민국 시의 샘물 흐려질 때

조금씩 맑혀주는 샘물이 있다

예전엔 김달진 선생이 살았고
더 예전엔 이순신 장군이 살았던 곳
지금은 참된 문인들이 사는 곳
해마다 가을에 향기롭게 살다 간
한 시인을 기려 문학제가 열리는 곳

나, 내년에도 이 땅에 살아 있어
다시 또 진해에 오고 싶다
아 해마다 와보고 싶은 곳
진해.

진해 군항제

류경일

바람 일다 멎는다
흩날리던 눈발 소롯이 벚나무 밑에 가 눕는다
벚나무 그림자에 밟힌
쉽사리 녹지 않는 눈송이들
살 속 하얀 실꽃들이 퍽 퍼억
사람들 발길에 패어 뿌리를 드러낸다

가만가만 눈송이에 피 도는 소리 붉다
사람들의 눈은 하얀 가로수에 묶인 채 자불고 다시
바람 일다 멎는다

희붉은 꽃잎 하나를 입 안에 넣고
지쳐 돌아온 집
이맘이면 뚝뚝 내 밑으로 떨어지는
눈송이들의 붉은 눈 나를
오랜 시간 앉혀놓는 변기 안에 있다

진해에 와서

문영

바다가 눈뜰 때
내 기억은 불심검문 당하고
흑백의 풍경 속 고모님
몇 해를 병에 견디지 못한 신랑을 묻고
소금의 세월을 진해만에 흘려보내신다
마음의 거처(居處)를
가령 고모님처럼 세상에 두기 어렵다면
진해 벚꽃이 피어날 때까지
겨울 바람 항구 안에 놀다 가도록 놓아주고
먼바다 떠나는 배들의 밧줄도 풀어주어야 한다
진해에 와서는
삶의 아픈 기억이
밤바다 지나는 환한 불빛에
그 거처(居處)를 마련할 때까지
바다가 흐르는 소리를
오랫동안 바라보고 있어야 한다

행암동[1] 연가(行岩洞 戀歌)

문옥영

진해의 동쪽 바다에 가면 만날까요 힘겨운 인생의 풍랑 잠재울 피안의 내항 전설의 마고할미 발자국 따라가면 만날까요 문득 전설 지우는 횟집들 잘 차려논 상 위엔 발티 응달[2]에 분지골, 큰골, 작은골, 허부랑골, 뿌리도 없이 떠나온 당근, 오이, 고추, 상추, 깻잎들 엎드렸고 접시엔 회칼로 저며낸 대일 먼뎅이[3], 학개 고개, 낙지봉 고개, 굴티 고개, 수치 고개 가지런한데 지금은 사라진 장터 고개 등짐 지고 넘나들던 사연 매운 겨자에 섞여 까닭없이 눈시울 붉히면 바다로 열린 마음 한쪽에선 선창끝[4], 굿이끝[5] 한 물결로 적시던 바람 느껴지네요 내일이면 또다시 가파른 산 험한 고갯길을 향해 달려나갈 떠돌이 돌들 마주 앉아 돌리며 나누는 한 잔씩의 삶은 초라해도 뜨겁기만 하구요 더러는 초빈골[6]에 누워 비바람에 삭아가는 몸 속수무책으로 지켜보기도 하겠지요 희미한 기억을 덮은 이엉 위에 찬 서리 내리고 그리움도 사무쳐 살갗 얼어터지면 북섬에 올라 북소리로 울기도 하겠지요 어쩌면 한 곳에 뿌리내리지도 못하고 아프게 굴러다니는 모난 돌들에게 둥글게 살기만을 강요하는 이 도시가 독새골인지도 몰라요 이 밤 누군가는 또다른 갈바위골[7]을 찾아 종적을 감추기도 하는 것이구요

1) 행암동(行岩洞) : 갈바위골의 한자 표기로 된 진해의 동명.

2) 발티 응달 : 아침 해가 뜨면 큰발티 아래 장천 쪽은 응달이 되어 '발티 응달' 이라 하고 웅천 쪽은 양지발라 '발티 양달' 이라 했음. 큰발티는 진해 지역에서 진부간(鎭釜間) 국도를 따라 웅천 지역으로 오고 가는 장천동 동북쪽에 있는 큰 고개.

3) 대일 먼뎅이 : 대일 마을 뒤에 있는 산의 속칭.

4) 선창끝(청룡끝, 청정끝) : 행암동 동남쪽으로 뻗은 곳.

5) 궂이끝(곶이끝) : 행암동 서남쪽으로 뻗은 곳으로 선창끝과 마주 본다.

6) 초빈골(채봉골) : 사정으로 장사를 지내지 못하고 송장을 방 안에 둘 수 없는 경우에 송장이나 관을 놓고 이엉 같은 것으로 그 위를 이어서 눈비를 가리게 한 곳.

7) 갈바위골 : 독새골(독사골)에 터를 잡고 집을 지으려고 머릿돌을 깔아놓으면 밤새 없어져서 찾아 나섰더니 지금의 갈바위골(행암동)에 옮겨져 있어서 주택지를 옮기고 돌과 바위가 절로 갔다 하여 갈바위골(갈방구골)이라 함.

수치 포구

문인수

만(灣), 등이 휘도록 늙었으나
가슴엔 시퍼렇게 섬이 씹힌다.
질긴, 질긴 해소기침 소리에 또 새벽은 풀려서
희끄무레한 풍파의 주름 많은 남루,
저 때 절은 이불 들썩대며 킬킬거리다
가랭이 서로 뒤얽힌 채
밤새도록 곤히 잘 잤을 것이다.
핏줄 땡기듯 깨어난다.
큰놈 머리부터
거뭇거뭇 돋는 남해 여러 섬
죽은 아들놈들은 저리 가라앉지도 않는다.
다산(多産)의 시대가 오래 쿨럭거린다.

월하 생가(月下 生家)

문인수

뒷짐 지고 한참 뜰에 서 있다.
마을 앞 불쑥 솟은 뫼.
감나무가 자라 제법 저 절등을 가린다.
가렸다 말았다 한다.
가출과 출가의 염(念)이 저렇듯 들고 난다.
밤새, 감또개 떨어져 좍 깔렸다.
염주 끊어 흩은 것 같다.
꿰고 싶은가
장삼자락 같은 바람이 휑하니 쓸고 간다.
뒤꼍으로 천천히 돌아가본다.

하루 두 번 나는 속천 바다를 만나러 간다

박명영

1. 아침 바다

밤새 사람들이 토해놓은 아픔을 삭이느라
새벽녘에야 잠들었던 바다는
요란스레 곤두박질쳤다 솟아오르는
갈매기들의 서슬에 잠이 깼다.
부은 눈으로 일어나
태양의 그림자를
앞치마처럼 드리우며 바다는
하루치의 희망을 내게 나누어주고
겉으론 평화로워 보이나
치열하기 그지없는 갈매기들의
생존을 배워야 한다고 속삭이며
세상을 향해 나를 돌려세운다.

2. 저녁 바다

가족의
생계를 혹처럼 등에 진
가장의 귀가를 기다리며
골목 어귀를 서성이는 여인네처럼
저녁 어둠이 내리면
바다는 사람들의 마을에서 밝힌
불빛들로 화장을 하고 반갑게
나를 맞는다
하루 동안 상처받고 깨졌던
이야기들을 풀어놓으며 나는
정신 나간 여인네처럼
울었다 웃었다 하고
피곤을 감춘 얼굴로
내 애기를 듣고 있던 바다도
끊임없이 고개를 끄덕이며
웃었다 울었다 한다.

달아난 길을 따라

박미경

　팔거리 달아난 길 장사치 구경꾼 발길 빠르게 밀려 오가고 어
느 세월 겹으로 입은 옷 꽃잎으로 벗어내리는 몸살도 못 본 척
달아난다 길따라

　105번 시내버스에 몸을 싣고 안민 고개도 못 본 척 행암 수치
갯내 마다하고 웅천협읍성지에 내리면 곰메바위 내려다보며 제
대로 찾아왔다 장복 고개에서 바라본 등불같이 예쁜 동네 진해
의 오른쪽 어깨라면 이제야 중심에 섰지 왕벚나무 가지에 부는
바람 달콤하게 땀을 씻고, 만만히 제 땅인 양 팔 갈래 내어도 팽
나무 한 그루 해처럼 지켜서서 내 땅 지켜온 힘으로 앞산 뒷산
하얗게 띠를 이으며 피었다던 왕벚나무 이름 바꿔 거리거리 심
어본들 뿌리 바꿔 피지 않듯 어제의 세월 무너진 성터 아직 봄
이면 날아드는 꽃잎자리 사람은 밖으로 돌아도 그 자리가 제자
리라 괴정 바다 달빛조차 뭍으로만 쏠리는데

　아쉬움도 쉬어쉬어 마을의 길 집으로 향하면 죽담 비스듬히
열린 문들 굽잇길 따라 먼 산 바라메*까지 달려간다.

　* 바라메 : 골동 욕망산.

36

문화의 꽃밭

박종해

장복산 도포자락에 제황산이 앉아서
진해탑을 두손 받쳐 떠올리듯
일찍이 김달진 시인이 있어
그 시인의 그리메 속에
뜻 깊은 문인들이 문학의 꽃밭을 일구고 있네.
봄이면 중원 로터리
사방팔방 팔 벌리는 가로에는
벚꽃이 망울망울 은빛 웃음 터뜨려
진해 바다는 즐거운 웃음바다가 된다.
북원 로터리엔 충무공이 불멸의 의지로 우뚝 서서
길손에게 나라 사랑하는 법을 깨우쳐주고 있네.
문무 겸전한 성웅의 거룩한 위업을 우러러보다가
모두들 고개 숙여 경배하네
해군 통제부 가는 길이나
남원 로터리와 해군사관학교 사잇길
창원시에 이르는 마진 국도는 벚꽃 축제
벚꽃 이울고 봄은 가고
푸른 바다가 열풍을 잠재우며 가을을 부르면

천자봉 전설이 마을을 수런거리듯
김달진문학제가 나뭇잎새를 곱게 물들인다
진해는 문화의 꽃밭.
고명한 문인들이 해마다 꽃밭을 가꾸러 온다
시드니, 나폴리보다 더 아름다운 도시
시장님도 시민들도 모두 아름다운 마음
진해는 아름다운 문화의 꽃밭

꽃비

박찬

저기, 저 언덕 너머 꽃비 내린다
눈부신 고개 위에서 꽃비 맞다가
나, 바다로 나아가리, 거기 바다가 있으니

돛대도 아니 달고 삿대도 없는
배 한 척 흔들거리고 있는 바다, 반달 같은 조각배 타고.

진해에서의 하루

박철석

불모산 옆구리가 시린 가을날
김달진문학제가 있다기에
아이엠에프에 목이 타는 창원 공단을 지나
자라목 같은 터널을 빠져나오니
출가하신 월하(月下) 선생께서
손수 나오셔 마중을 하신다
너무 황송해서 두 번 절하고
솔내음 그득한 시민회관 언덕에서
진해 시가를 내려다보니
허리 굽은 늙은 벚나무들은
정액이 다 말라버렸는지
깊은 낮잠에 빠져 있고
가슴을 반쯤 풀어헤친 속초 바다 건너
고향의 낮은 산자락이
내 안부를 묻고 섰구나
어느덧 왜인이 세운 돌탑은
오간데 없고
흰 세라복 젊은 수병 하나

월하(月下) 김달진을 아는지
시민회관 흔들의자에 앉아
수줍은 처녀와 정담을 나누고 있다

눈먼 그대

박태일

그대 눈먼 그대로 묻히셨는가
새로 핀 도라지밭 남녘 물살 예사로 덮쳐도
우리 내외 더듬어 보듬어 내려온 바다*
깍지 낀 섬들이 물길을 막고
징징 돌멩이를 던지던 갯가 사람들
세상 서러워도 제 땅에 나라마저 잃어
쫓겨 구르던 마음 곰나루는 여기서 먼데
붉은 솔뿌리 한 골짝을 건너서고
겹겹 조개무지 다시 텃밭을 이루어도
기껏 백제정승미처정렬부인 그 이름 지키기 위해
남아 욕된 것 아닌 줄 그대 아실 일
남녘 바다 바라보며 다시 감긴 눈
그대 바이 뜬 바 없이 두고 온 하늘 더듬나
더는 물러설 데 없이 뺏기고 앗긴
안골 옛 저잣거리 젓독마냥 곰삭은 세월
마음 없으니 머문 이십 년이 매양 하룻잠
살아 서럽네 울컥울컥 솟은 흙무덤 다 고향집 같아
엎어지다 미끄러지다 여태

그대 눈먼 그대로 누워 계신가.

* 가덕도 막아주고 있는 녹산 안골 언덕바지 솔숲에는 먼 옛날 네 나라 시기 백제에서 쫓겨난 도미와 그 아내가 함께 묻힌 것으로 알려진 큰 무덤이 하나 있다. 1950년 경인년 난리 뒤까지도 가끔 나라 안 도씨 분들이 묘사를 왔다고 한다. 요즘도 더러운 힘에 쫓겨다니는 사람이 한둘은 아니건만, 도미 그 내외 참 멀리도 흘러왔다.

고래 구출(救出) 작전

설창수

고래 해빙구출(解氷救出)을 위한 미(美)·소(蘇)·에 삼파작
전(三巴作戰)을
2주일 동안을 한결 숨가쁜 고빈성하다.

'알래스카' 최북단의 '에스키모' 마을 '베로우' 만(灣)을
동북 30km 거리한 북극해(北極海) 연안에서
알몸으로 덮인 바닷속에 갇혀버렸기에……

따스한 남쪽 '멕시코' 해안으로 피한 남하중
갑자기 한파가 몰아쳐온 유빙(流氷)에 봉쇄된 것.
동행인 어린 흰고래 한 마린 이미 숨지고
'크로스빅' '보네트' 두 놈은 아직 살아남아 있다.

미국은 '헬리콥터'와 인공위성 사진을 동원했고
대형 쇄빙기가 출동할 작정인데
소련도 두 대나 쇄빙선을 급파했지만
'에스키모'들의 애태움이란 경인(鯨人)이 일체감인 듯.

수심(水深) 깊은 바다 쪽으로 몰아내기 위해
'체인 톱'을 쓰는 원시적 수단으로서나마
우선 고래들의 질식을 숨쉬게 해주려고
예순몇 군데나 얼음구멍을 뚫어놓았단다.

생명 보호에 대한 공동 도의감 과시로서
미소의 짓은 한갓 위장선의(僞裝善意)일 수도 있으련만
저희 전장(田莊)의 목축(牧畜) 가족인 양 고래들을 명령(命令)
하고
10·26 오후 파빙(破氷) 사이로 드디어 구출(救出)해낸
저들 북극인(北極人)의 창의(彰義)!

길 3
—용원 앞바다

성윤석

잠이 깼다. 담을 들어내고
계단을 없애고 큰 창에 비치던
달빛도 옮겨 받았다. 길을 손해봤다.
그래도 내가 붙어 있는 건
오래 전 나와 내가 서 있었던
이 길 때문이라고,
길의 냄새가 난다.
누군가가 지나갔다.
나는 창 밖
수직의 큰 바다를 오르는
보트를 보고 있다.

수국(水菊)

—김달진 생가에서

손진은

울음들이 엉겨붙었다 다닥다닥 매달렸다
초여름의 뜨락
아직 깨어나지 않은 울음들을
숨긴 꽃망울을 향해
거문고 청줄로
햇살이 기어들어가 파헤쳐놓고 간 길을
벌떼들의 궁둥이가 들어올릴 때

하늘 넓은 가슴이
그 속으로 쏟아져 들어온다
급습하듯 뻐꾸기 뻐꾸기 운다
쪽쪽 빨아들이는 꽃들의 팽팽한 근육

수국, 그 시큰거리는 무릎으로
숨은 얼굴을
바람이며 햇살 속으로 들이밀게 하는 것은
세포 속을 뚫고 나오려는
한정없는 두근거림이다

그러나 그 두근거림은 얼마나 가지런한가

칸칸마다 발그레하게 매달려
환장하게 보고 싶어진 뺨들로
고요와 캄캄한 부르르 흔들며
한 번씩 젖은 북소리를 낼 것 같은
눈들

별들과 고요의 꽃볕 속으로
저무는 봄

벚꽃제

손택수

달과
내연한 나무
가지 끝에 포말이 인다
내륙으로부터, 내륙으로부터
밀려오는 파도
소란하던 거리는 잠시
잠잠해지고

아픈 몸을 풀며
바람이 가고자 하는 곳
지는 꽃잎 따라가서
머물고자 하는 곳

내상한 집들이
등불을 건다
저마다 간직한 어둠 속에서
화르르르 혼절하는 학생, 꽃보다
더 아래로 떨어지는

탄식과 함께

일 년을 다시 그리움 하나로
버틸 수 있을까, 그럴 수 있을까
시름 많은 해안선을 따라
젖은 창마다 눈시울 붉힌
밤열차는 지나가고

후— 불면 깊은 곳에서
뱃고동 소리가 나는
빈병처럼 모로
쓰러져 누운 봄밤
헐한 술청 어디선가
남일해(南一海)의 저음이 잔잔하게
섬을 밀고 온다

나는 가끔 진해(鎭海)에 간다

송수권

나는 가끔 봄이 오기 전에 진해에 간다
진해(鎭海)를 진해(鎭咳)로 발음하며
십여 년 고질병으로 붙들고 사는 해수 기침을 끄러.
내 가는 길이 팍팍하고 주저앉고 싶은 날에도
진해에 간다
남해 쪽물이 제일 먼저 앞섬 첨탑머리를 물들이거나
거북선 모형의 배가 거북이처럼 앞발을 들고
먼 바다를 내어다보는 곳
아직은 밤 하늘의 별들이 총총한 곳
월하 선생도 가끔 이 부두에 나와 해수병을 앓았을까
나는 가끔 봄이 오기 전 진해에 간다
벚꽃이 피기 전 군항제가 열리기 전
진해(鎭海)로 진해(鎭咳)를 끄기 위해.

어떤 봄
—진해 벚꽃제에서

송유미

해마다 진해 벚꽃제에서 그를 만났다. 몇 년 전에도 그 길목을 서성이며 사진을 찍으라고 옷깃을 부여잡았던 사람, 그 목에 매달린 낡은 사진기, 그의 사진기에서 찍혀나온 수많은 봄은 어디에 꽂혀 있을까 생각하면서 주소를 적고 선납을 했다.

그가 사진을 보내온다는 믿음은 벚꽃제에 오면 그를 만날 수 있다는 신뢰일까. 해마다 진해에 오지만 그의 사진기 속으로 들여보낸 봄은 처음이었다. 이상한 것은 그가 나의 봄을 찍은 다음부터는 그 봄이 사라져버리는 것이었다.

두어 달 지나고 나니 사진사에게서 편지가 왔다. 그날은 필름이 헛돌아 사진이 찍혀나오지 않았으니 다음 봄에 봄을 받으러 오라는 것이었다. 봄은 그렇게 가버렸고, 그는 지난 봄을 대단히 죄송하다고 썼다.

그가 실수로 찍지 못했던 내 서른여섯의 나이테.
그가 찍지 못했던 내 서른여섯의 봄이 이렇게 살아서 나를 기다리고 있다니. 그가 환불해주지 않은 그 봄으로 인해 나는 다시

봄을 기다리고 그 찍혀나오지 않는 서른여섯의 봄을 받으러 진
해에 가곤 한다.

수치(水治)에서 1

송재학

수치(水治)는 시간마다 다른 물빛 다른 불빛과 연결된다
보리짚단 같은 햇빛이 눈을 찌른다
눈 없는 자리에 금방 해돋이가 시작되어
수치(水治)의 해는 여럿이다
슬프기 전에 배고프기 전에
눈물샘이 먼저 열린다
물빛이 헹구는 수치(水治)와 햇빛이 헹구는 수치(水治)가 겹친
다
리아시스식 해안이 밤새 졸음 같은 불빛으로 따라왔나 보다
지금 처음인 해가 솟아
마주 보는 사람의 안이 환하게 다 보인다

수치에서 2

송재학

수치의 햇빛은 너무 강렬하여 해안 사람들은 금방 녹아버린다 그 앙금 위로 어제 자신이 녹아버린 줄 모르는 사람들이 일어나서 지금 녹을 줄 모르고 겨우 눈만 찡그리며 쟁쟁(錚錚)한 햇빛 누르고 하루를 시작한다 햇빛이 눈부신 것처럼 사람들에게 다시 살 돋아나는 떡잎이 감춰져 있다 수치에서만 벌어지는 일이다

물섬〔水島〕

송창우

청화백자의 바다 사금파리
빛나는 물섬을 가자
도공이 빚은 푸른 언덕을 넘으면
거기, 내 짝지 살던 조가비 마을
종패일이 끝난 아낙들은
그림자를 끌며 제포 가는 도선을 타고
밀물에는 저만치 드러누운 소섬이
물 먹으러 올 것도 같은
물섬, 옛 가마터에 불을 지피면
먼 데 놀바다 위로
그리운 사람 거북이를 타고 오시리.

황옥의 뱃길

엄국현

연보랏빛
수국 핀 하늘 더듬는
저 등나무 덩굴손
놀라 깨니 고향 천리, 꿈을 꾸고 있었다는
월하(月下) 선생 시 읽으며
나는 연구실 창 저 너머
호젓한 산길 지나
햇살무리 반짝이는 진해 앞바다
용원 별포 나루터를 더듬는 것이다.
아유타국 공주
허씨 성의 황옥은 그 누구 찾아
저 먼 뱃길 달려온 것일까,
열여섯 살 처녀
그녀는 왜 별포 언덕에 올라
비단 바지 벗어
산신령님께 바쳤던 것일까,
시는 열여섯 처녀 사랑 같아
황옥의 뱃길 따라

저 깊은 연보랏빛 터뜨리는 것일까,

황옥의 뱃길 따라

꿈틀거리는

진해

앞바다

용원

별포

나루터여

고향 천리 떠나온

저 누군가의 덩굴손

비단 바지를

시는 더듬고 벗으며

7월 하늘을 연보랏빛으로 물결치는 것이다.

진해에서 길을 잃다

엄원태

　삼십여 년 전 초등학교 오륙학년 때이던가. 대구역에서 출발하는 임시 열차를 타고 젊은 어머니를 따라, 어머니의 계원 친구들 모임에서 진해로 벚꽃 구경을 간 적이 있다. 진해에 도착하자 곧바로 인파에 떼밀려, 나는 엄마와 일행을 놓치고 혼자서 인파 속을, 벚꽃 그림자 속을 타박타박 헤매고 다녔다. 사람들 얼굴에 벚꽃 그림자가 환했던 것과, 처음으로 한 끼 점심을 굶었다는 허기와, 봄날의 아득했던 상실감……만이 그 오래된 기억을 지금까지 이어주는 실낱같은 끈이 된 셈이다.

　그리고 또 한 번, 대학교 일학년 때, 해군기지의 컴퓨터를 점검하러 가던 고모부를 따라 겨울의 들판을 건너 진해에 갔었다. 여기저기 동상이나 기념비를 가진 로터리들에 별 모양으로 이어진 가로수 길과 눅눅하던 포도 위의 잔설, 아가씨들의 긴 머리칼과, 콘크리트 계단을 가진 전망대의 겨울답지 않게 미지근하던 바람, 중국집에서의 잠탕밥…… 등을 기억한다.

　한 시인의 이름으로 된 문학제는 진해에서 가을마다 열린다. 봄철에 열리는 벚꽃제가 아니므로, 화사한 양산을 펼쳐든 것 같던 벚꽃 그늘에서 길을 잃거나 하지는 않았지만…… 비에 젖은 깨끗한 산책로를 따라 밤산책 끝에 술잔을 기울이던 카페에서 소설로만 보던 염소를 모는 여자를 직접 만난 반가움, (나무와 분재가 어우러진 시인의 생가에서 문득 고개들어 바라본 높은 고목나무 가지 위의 백로들) 해변의 횟집에서 한 시인의 주정 섞인 익살과 독설을 덧붙일 수 있음은 또하나 진해라는 이름의 긴 여운이리라.

진해에 소풍 갔었다

우무석

오래된 추억은 되새길수록 여물어지는 법, 까까머리 중2 때 우리는 장복산에 봄소풍 갔었다. 몇 녀석 어울려 선생(先生) 몰래 마신 술기에 설핏 풋잠 들기 전 그때 보았었다. 산길 구불거리며 올라온 바람 잠깐 이쁘게 눈 흘길 때, 잎 없는 가지마다 맨얼굴 쏙쏙 내밀던 저 본말전도(本末顚倒)의 꽃송이들을. 나른하게 풀린 오후의 어렴풋한 기억 속에 햇살 둥둥 떠가고, 왠지 모를 슬픔 마주한 어지럽던 시간들 처음으로 아름다웠었다.

물 바랜 흑백 사진으로 남은 순진한 불량기로 문득 세상 느끼고 싶다.

새장 속의 새
—진해 소사동 48번지

원은희

부산 국도 따라가다
선흥사로 꺾어들면
빈 집 돌담에 기대
씬냉이꽃 마주했을
김달진 시인의 생가
낯선 문패가 슬프다
미처 일어서지 못한
미완의 폐탑을 돌듯
허정의 그윽함으로
샘물 같은 생 기웃거리다
돌담벽 담쟁이 잎만
만지다 돌아섰네

태평양 가는 길머리

유안진

보이는 만큼은 바다이고

안 보이는 그 너머는 무한(無限)

달려가 보고 싶은 무대라 태평양이라

시인의 눈길도

희디하얀 제복의 빛깔도

결국은 같은 꿈을 짚어주는 바다 마을 진해는

바다 너머 바다로

길을 열고 길을 일으키는 진해는

태평양 가는 길머리

ㄱ ㄴ ㄷ……으로 물결치는

파도의 첫걸음이샀다.

벚꽃 그늘 아래서

윤홍조

삶이란 저렇게 눈물겨워야 한다는 것일까 겨울도
끝나지 않은 봄의 문턱에서 저렇듯 꽃망울 터뜨리고 있는 것은
황망히 등 돌리는 안타까움에 즈려밟을 꽃망울을 뿌리는 것은
오늘도 고장난 마음을 이끌고 도심을 찾아나서는 길목
때아니게 만난 벚꽃 천지 터널을 이룬 벚꽃 그늘
가녀린 꽃잎들 한가로이 바람에 흩날리고 있다.
꽃은 왜 속절없이 펴서 속절없이 떨어지고 있는 것인가
삶이 저렇듯 속절없음을 가르치는 것인가
승승장구 잘나가는 인생도 한때는 저렇게 끝난다는 것인가
한 생애가 꽃의 일생같이 호사할 수 있다면
누군들 꽃으로 살고 싶지 않겠는가
미련은 사람을 참으로 못 견디게 하는 것 그러나
되돌아본 자리에는 언제나 쓸쓸한 흔적들만 남아
일생이 한 송이 개화의 꽃숭어리 같은 것,
나는 오늘 불을 켠 듯 온천지가 환한 벚꽃 그늘 아래서
너를 용서하련다 한 생애 불붙었던 사랑도 나를
눈물지게 했던 욕망도 속절없음으로 더욱 밤을 밝혔던 열망도
봄날의 벚꽃 그늘 아래 서면 다 부질없음을 안다

누구나 저렇듯 한 생애 꽃피웠던 시절 있었음을

저녁 한때가 곧 아침임을 말하는 계절의 물줄기 앞에서

생은 가벼워야 한다는 것을

사방 벚꽃 천지 길을 걸으며

생이 눈물겨워 아름다울 수 있음을 안다

손짓없는 손짓으로 말없는 말로 이 봄날

목숨을 구원하는 벚꽃

진정 아름다움이 눈물겹다는 것을

꽃비의 길을 걸으며 안다

삶의 미로 같은 화두 하나가 이 봄날 하늘에서 빛나는 걸 본

다.

섬이 된 사람

이규리

진해!라고 말하면
우윳빛 속치마 끝단에 댄 레이스가 날리는 듯하다
문을 열고 자꾸 바깥으로 향하는
내 안의 질서가
환한 등불 켠 저 꽃잎 탓,
내가 한 사람을 만나러 진해에 갔을 때
진해는 사람 대신 동동 뜬 삼각형의 섬 하날 내어놓았다
섬이 된 사람
짧은 악수 속에 구겨넣었던 꽃잎의 부피를
그는 알까, 이미
원시(遠視)로 고정되는 거리
바깥에 있는 사람
내 우윳빛 속치마 끝단에 댄 레이스가 날리는 것을
보았던 건 저녁 바다뿐
한 정신이 반사된 섬 둘레에 서면
금강초롱이 댕댕 경전 같은 소릴 내고,

스님과 벗과 나
—김달진 선생을 생각하며

이동순

암자 앞뜰

달빛이 하도 밝아서

나는 방으로 들어가 소주병을 안고

잠든 벗을 깨워 밖으로 데리고 나왔다

이 기막힌 달빛을 두고

어찌 잠을 자리

하지만 잠이 덜 깬 벗은 눈만 비빈다

스님이 이 광경을 보고

얼른 동치미 무를 썰어서

사발에 담아 들고 나온다

밤 공기가 매우 차서

스님은 목도리로 머리와 귀를 감았다

우리 셋은 암자 앞뜰

너럭바위 위에 무릎을 맞대고 앉아

달빛이 차랑차랑한

소주를 마신다

사랑, 미로, 실종
—진해, 가을

이동재

그곳에서 바다를 보았던가
지난봄 져버린 꽃향기를 맡았던가.
바다가 돌아가는 비탈,
지켜야 할 약속이 있어 먼 그곳
찾아간 사람은 그의 그리움을 만났던가, 묻었던가.
해석되지 않는 비문(碑文)만 잠시 발을 묶고
해는 또 어느 쪽에서 지는지
비문(非文)처럼 버벅거리다 돌아서는 잔치의 뒷마당
떼어낸 꼬리표가 다시 따라붙는 귀로,
마음이 흔들리고, 그래서 멀미나고
물빛은 또 어땠는지.
잠시 국물에 잠기는 바다,
회칼로 베어낸 서른 안팎의 하루
누군가의 입 속으로 영원히 사라졌다.

벚꽃 편지

이문재

꽃만 보고 갑니다
약속 시간에 늦었다는 듯 서둘러 와서
꽃그늘 아래 잠깐 차를 세웠다가
꽃을 만발한 줄기와 나무는 보지 않고
땅속으로 수천수만의 꽃망울을 틔우고 있는
나무 뿌리는 궁금해하지 않고
부르릉 두고 온 것이 있다는 듯 또 떠나들 갑니다

꽃만 보고 가는 사람도 많지 않습니다
흐드러진 꽃을 핑계삼아 지나간 풋사랑을
하르르 꽃비를 핑계삼아 지난 긴 겨울을
세상 밖으로 난 것 같은 꽃길을 핑계삼아
지난 날들을 언뜻 떠올렸다가 팽개치고 갑니다
살아야 한다고 기어코 이겨야 한다고
이를 악물고 꽃그늘 떠나들 갑니다

꽃 보러 와서 꽃은 보지 않고
몸을 쉬러 왔다가 마음도 쉬지 못하고

분주하게 자동차만 왔다 갑니다
버리고 가는 사람은 버림을 당합니다
꽃 앞에서는 꽃 아래에서는
꽃만 보아야 합니다
꽃 앞에서는 꽃이 되어야 합니다

봄날 꽃을 볼 수 있는 사람은
모든 것을 볼 수 있습니다
굳이 꽃을 찾지 않아도
세상 가득한 숨어 있는 꽃들을 생각합니다
꽃이 한순간의 폭발이 아니라
사람들을 위한 퍼레이드가 아니라
스스로 치열한 생존이라는 것을 알게 됩니다

그때 놀러 오세요
꽃이 꽃으로 보일 때
꽃과 더불어 뿌리와 땅이
하늘이 보일 때 그때 오셔서

꽃이 되어 더워졌다 가세요
그러면 우리들 일제히
그내 위로 그대의 몸 위로
떨어져내릴 겁니다

봄의 전령인 양 한반도로

이선관

지방의 경계에 있는 어둡고 긴
터널을 지나면 환하게 펼쳐지는
은색의 마을이라 했던가
노벨 문학상을 받은 일본의 소설가
'가와바타 야스나리'의 작품 중 『설국』이
생각이 나듯
해마다 사월이 되어
마산에서 진해로 가는 마진 고개를
밝고 짧은 터널로 시원하게 지나면
내려다보이는 파아란 바다도 아닌
또하나의 바다, 은색의 꽃바다가
눈부시다
확실히
제주도가 원산지라 하는 벚나무 가지마다
달려 있는 꽃망울이 터져나와
꽃바다가 하이얀 눈꽃 바다처럼
전국에서 모여든 인파와 함께
물결이 되어 진해의 넉넉한 축제가 된다

어느덧 축제는 따스한 봄내음을
가득 싣고 봄의 전령인 양 한반도로
달려가고 있다.

바람이 나의 손을 잡고
―월하 선생(月下 先生) 생가에서

이성선

거기서 바람의 손이 나를 잡고 끌었다.

새벽 바다
기슭에 난이 피어 있는 것을 처음 보았다.

그리고 이 땅
가장 소박하게 살다 바람으로 떠난
당신의 마당에

하늘의 자지 않은 별들이
잔뜩 모여 내려와 떠드는 소리를 들었다.

그날 저녁 진해 바다 달빛 아래서
나 혼자 오래 흔들렸다.

추억의 향기로 남아

이월수

오래된 친구처럼
늘 아름답고 따뜻한 숲으로
살아 있는 고향이다.

첫 만남의 감동이
순결한 것처럼
그렇게 하늘하늘 흔들리는
꽃 숲의 기쁨으로 취해
아직도 빛나고 있는가.

철쭉을 피워내는 장복산의
새소리 바람 소리
가슴을 탁 트이게 하는
바다의 깊은 손짓이
4월 축제와 더불어
영원한 그리움으로 다가와
살아 있는 곳.

더러 잊혀지다가도
문득 목마른 누군가를 불러보듯
추억의 향기로 남아
여름날 소리없이 피고 진 나팔꽃처럼
설레이며 기억하고픈
갈망의 불빛이 되기도 한다.

참으로
오래된 친구처럼
늘 아름답고 따뜻한 숲이 되어
그대 가슴 안 시(詩)로 피어나라
진해(鎭海)여! 진해(鎭海)여!

진해만이 보이는 국수집에서

이은봉

시민회관 앞 산비탈이다 산비탈 위 바라크로 지은 국수집이다 봄 벚꽃도 지고, 여름 땡볕도 지고 조금씩 붉게 물들어가는 저녁노을이며 목백합나무 잎사귀들……; 철푸덱이 방석으로 깔고 앉는다 거기 국수집 둘레, 부추싹들 뾰족뾰족 파르라니 고개 쳐들고 있다 진해만 물빛 같다

젓가락으로 몇 점 국수가닥 건져올리며, 문득 진해만 저쪽 하늘 바라본다 철없는 구름들 우르르 몰려다니며 헐렁한 무명바지 입었다 벗고, 벗었다 입는다 녀석들 아랫도리 뽀얗게 곱다 반짝, 하고 떨어지는 햇살들 낯빛 역시 뽀얗게 곱다 벌써 메밀국수 한 그릇씩 했나 보다

하늘가 이쪽 목탁새 한 마리 여려터진 시(詩) 몇 가닥, 입에 물고 원 그리고 있다 몇 가닥 바람도 원 따라 그렇게 돌고 있다 무연이 늙은 비구니 파르라니 깎은 머리통 같다 월하(月下) 선생 마음 같다 동그랗게 조용히 세상 돌고 있는 시(詩)…… 불어 터진 국수 몇 가닥 젓가락 들어 마저 건져올린다.

진해 바다

이하석

군함 같은 먹돔이
뭍과 바다를 이은 뭇 낚싯줄 끝에서
제 피의 바다를 세차게 퍼덕인다.

하늘의 끈인 폭우는
먹돔의 바다를 적시지 못하고
진해 바닷가만 적셔놓는데

파도에도 휩쓸리지 않고
모든 파도의 말 아래서 뒤척이며
진해 바다 먹돔은 군함 따윈 안중에도 없이
시인의 낚싯바늘만 물어뜯는다.

꽃놀이 간다

장옥관

파꽃 터지듯
객쩍은 농담 한마디에도
벌어진 검은 잇몸 다물어지지 않아
낮술 몇 잔에 불쾌해진
차창 속으로 꽃비는 얼굴을 때리고
진해 장복산 힘겨운 봄날을
낡은 전세 관광버스가 기어오른다
비탈진 인생 불어터진 면발처럼
노랫가락은 늘어지고
구를 때마다 발장단 손장단
떫은 생감의 목젖이 저절로 뚫려
한 순배 술잔은 기꺼이 돌아가느니
기미 낀 콧잔등 굴러떨어지는
시큼한 쉰내의 햇덩이도 마음에 달라붙어
주름살투성이 갈라진 몸 둥치에
어찌 저 여린 연분홍 춘정이 숨어 있었던가
지치지도 않고 출렁이는 뒤꽁무니
몇 시간째 따라가는 나도

저 힘겨운 한 세월 더불어 건너간다

김달진의 실종

장호

가을걷이가 한창인 들에 나가
소작료를 챙겨서는 그 길로 줄행랑을 친
식민지 문학청년의 나이 스물여섯
철없다고는 말 못 할 김달진을 두고
실종신고는 했던가 안 했던가.

뒷덜미를 잡힐까 켕기지 않았을 리 없다
백두대간 추지령 눈구렁을 뒹굴어
용공사에 숨어들었다가 이듬해 봄,
금강산 남북 60킬로를 줄달음친 끝에
유점사에 가서 머문 지 6년.

그때쯤 웅동 집에서는 제사를 지내주고 있었는지 모른다
'지구라는 섬 위에 앉아' '머리를 깎고'
'새가 되어 거울을 뚫고 물 속으로 빠지'며
사실, 김달진은 김달진이 아니었다.

김달진이 실종된 다음

금강산 구룡소의 명경지수가
곰산 정수리에 바위가 되어 얹혔느니

'산모롱길'을 지나는 사람마다가
거울삼아 그 바위를 쳐다보며 저를 만난다
'노래하다 말고' 저를 만난다.

* ' ' 안은 모두 시집 『청시(靑枾)』의 시제와 시행.
  웅동 : 김달진의 생가 향리.
  곰산 : 웅동 뒷산, 한자 이름은 웅산(熊山).

82

김달진의 두번째 실종

장호

유점사 법무 시절, 김달진은
못되게 구는 일본인 순사를 패주고
만주로 도망쳤다.

'찬비에 젖는 처마 끝에 거미 한 마리'
바람 부는 대륙 벌판을 헌 신문지처럼
굴러다니던 실종자끼리 만나더라도
서로 반길 방도가 없었을 것이다.

하릴없이 '고인 물 밑'의
'실낱같은 벌레'를 들여다보다가 그만
'한 마리 벌레'가 되었을 것이다.

'자유'가 어찌 '거저 오는' 것이더냐.
여울목을 흘러가는 배춧잎처럼
멀거니 바라다만 볼 없는 조국 너머로
'서른 내 가슴에 허렁허렁 떠오르는 조상네 그림자'

눈보라 휘몰아치는 만주 벌판에서 몇 겨울을 났던가,
한 해에 한 끼는 고향집 제삿밥으로
허기를 면했을 것이다.
귀신도 아니면서.

* ' ' 안은 모두 『재만시인집(在滿詩人集)』의 김달진편과 『산거일기(山居日記)』의
구절들.

6月 바다

전기수

그립고 슬플 때엔 바다로 나와야 하는가?

태양(太陽)은 온 바다 가득히 꽃잎을 뿌려
황홀하여 무슨 소리 들을 수 없고
생각을 하라 생각을 하라, 물결은 보채는데
그리움을 캐어내는 내 앞 만리(萬里)의 바닷길.

작은 섬 하나엔 소복이 기다림이 쌓여 있다.
맺혔던 내 피 풀려가는 잠시 사이
아귀 센 속살을 번쩍이면서
살으라 살으라 외고 있는 바다의 소리.

바다야
그리움이 타오르는 가운데에 슬픔이 일고
슬픔은 그대로 다시 그리움이 되어버리는
사람 마음의
이 한없는 무게의 괴로움을 알겠는가!

웅동 옛집의 돌담길
—김달진 선생 생가터에 다녀와서

최동호

옛집을 둘러싸고 있던 담장의
진흙 속에 박힌 자갈들이
두리번거리는 우리를 주인처럼 맞아주었을 뿐
몇 차례 개축으로 옛집은 사라지고
슬래브 지붕의 붉은 개와 양옥이 서 있었다.

둘러보아도 어디에도
반 세기 전의 자취는 찾을 길 없어
살그머니 모퉁이 돌아가보니
감나무가 몇 주 반갑게 서 있었다
청년 김달진 어린 시절부터 보았던

푸른 감들은 해마다
지천으로 땅에 떨어졌으리라.
六月의 꿈*은 올해도
발갛게 영글어 달랑거리고 있었고,
가을의 미풍이 설레다 발길 멈춘
우리들의 마음 맑게 만들어주었다.

이 옛터에서 청년 김달진이
보았다는 푸른 감 때문에
우리 모두 처처에서 모여왔는데, 삶과
죽음의 실오라기들은 또 우리로 하여금
마음속의 무엇을 영글게 할 것인가.

진흙 속에 박힌 돌들이
왔다가 돌아가는 사람들의 돌아선
머리통 같아 보였다.

* 六月의 꿈 : 김달진 선생의 「청시(靑柿)」의 한 구절.

쓸쓸해 보였다
—진해, 도미의 무덤 앞에서

최문자

도미의 밋밋한 무덤 앞에 섰다.
결국은 무덤뿐일 이 쓸쓸함인 걸
가끔, 홀린 듯 육체를 걸고 싸울 때가 있다.
두 눈을 사랑에 절여넣은 도미처럼.
갈대 숲을 휘감았던
그때 그 영혼의 피리 소리
막 들리는 듯하다.
삘릴리 릴리이—
지어미 그물코에 걸리라고
미치도록 불어대던 화한 울음소리
차라리 울어야 할 풀이 되지 않고
무덤이 된 그대들의 가슴 앓던 정원 가서
바람 쪽으로 머리를 두었을
도미의 사랑을 따져본다.
죽음에 잠길 듯 잠길 듯 스미다가
끝내 서로의 영혼에 가깝게 다가가선
푹 쓰러졌던 자리.
그래, 그렇게 쓰러질 줄 알아야 사랑에 다다른다.

도미의 슬픈 자리에 서서
막막함으로 가득한 이 시대의 사랑을 바라본다.
진해가 쓸쓸해 보였다.
도미의 푸른 정맥이 숨어 있어서.

진해에서

최일성

방파제에 앉아
흩날리는 꽃잎을 보고 있다
아름답게 죽어가는 무의미의 탄주(彈奏) 속으로
무의미한 파도가 횡단하고 있다.
모두의 가슴에 꽃과 비수(匕首)를 품고
어디론가 떠날 채비에 바쁜 사람들
인생은 비우는 소주잔 같은데
쓸데없이 고이는 눈물,
비수는 버리고 꽃만 품고 가자.

이 저녁
못 견딜 그리움을 덮고 있는 꽃잎
못 견딜 아픔도 씻고 있는 바다
품고 있는 진해 저녁놀.

바닷가 언덕 풍경

하연승

쑥대머리의 키 큰 보초병들이 바닷가
언덕 풍경을 감시하고 있었다.
철조망에 가린 군함만한 쓰레기 더미가 바다를
등진 채 드러누워 있었다.
한낮에 볼이 발그레해진 갯메꽃의 목덜미가
바다를 향하여 무엇인가 아우성을 치고 있었다.
거기 드러누운 쓰레기 더미의 삭신이, 모질게 또
모질게 죽은 시즙을 질펀히 흘리고 있을 때
모든 것은 썩는 것이라고, 썩어서만 새것으로
다시 태어나는 것이라고
철조망을 친친 감고 오르던 갯메꽃의 덩굴이
삭아가는 그 쇠그물의 허리를 조금씩 부러뜨리고 있었다.
그 쇠그물 코 사이로 빼죽 얼굴을 내민 여린
갯메꽃 몇 송이가 바다를 향하여 뚜— 하고
일제히 무슨 나팔을 불어대고 있었다.

안민 고개

하영

등짐이 무거운 사람들이여
지쳤다는 말을
아무에게도 할 수 없을 때
안민 고개에 올라보라

사는 일이 자꾸 구역질이 나고
입이 쓰고 목이 마를 때
먼지 풀풀 날리는 비포장도로에
오장을 꺼내놓고
비린내를 말려보라

산비알에 모여 놀던 바람이
잽싸게 달려와
가쁜 숨결로 토해내는 삶의 구린내를
행암 앞바다 물빛같이
깨끗이 쓸어내고 닦아내고
따뜻한 햇살 한줌 펼쳐줄 것이니
잘 끓인 토장국으로

뼛속까지 개운하게 헹궈줄 것이니

등짐이 무거운 사람들이여

안민 고개에 올라보라

충무공의 승전 파발처럼 힘이 솟을 것이니

4월에

황선하

4월에
4월에
진해로 오시오.
작은 새마냥
훨훨
마진 고개 넘어,
당신의
지순한 사랑
흐드러지게 피어 있는
내 고장 진해로 오시오.
진해에 와서,
의미 있는 꽃잎이
시나브로 내리는
촉촉한 아스팔트 길을,
한 시간이나
한 시간 반쯤
정처없이 거닐면서,
하느님의 은총으로

아름답게 영근

한 개의 열매

당신의 정결한 행복을 확인하시오.

월하의 시 「경건한 정열」 읽기[*]

김윤식(문학평론가, 서울대 국문과 교수)

1. 오무라 교수의 『'대역(對譯)' 시로 배우는 조선의 마음』

오무라 마즈오(大村益夫, 1933~, 와세다 대학 언어학 교육연구소) 교수의 공들인 저술 『시로 배우는 조선의 마음』(東京 靑丘文化社, 1998. 6)이 발간되었다. 『季刊 三千里』(1983~1986) 및 『季刊 靑丘』(1989~1992)에 '對譯 朝鮮 近代詩選'이란 표제로 연재한 것을 이번에 수정, 정리하여 펴낸 것이다. 이 나라의 서정시를 일어로 번역한 것으로는, 해방 전에 나온 김소운의 『조선시집 상·중』(1943)과 그 전후엔 허남기의 것이 있고, 최근에는 강정중의

---

[*] 1998년 9월 제3회 진해 '김달진문학제'에서 발표된 글로 김윤식 산문평론집 『농경사회 상상력과 유랑민의 상상력』(문학동네, 1999)에 수록되어 있다.

『한국현대시집』(1987), 강상구의 『한국현대문학 제6권』(1992)이 있거니와, 이들은 오무라 교수의 대역과는 스스로 구별된다. 남북한의 앤솔러지이며, '대역'이되 전면적인 대역인 까닭이다. 이런 진술 속엔 오무라 교수의 특별한 위치가 함의되어 있다.

3부로 구성된 이 저술의 제1부는 1922~1945년까지, 제2부는 해방공간(1945~1948)과 남한 작품들, 제3부는 해방공간과 북한 작품들. 한용운을 비롯 해방 전의 시인 22명, 김기림을 비롯 해방공간과 남한의 시인 23명, 조기천을 포함 해방공간과 북한의 시인 12명. 남북한을 동시적으로 바라본다는, 제3국인의 시선이었음이 확연하다. 대역이든, 앤솔러지이든, 문제의 초점이 언제나 작품 선택의 기준이랄까 안목에 있음은 새삼 말할 것도 없다. 오무라 교수의 기준이랄까 안목은 어떠했을까. 스스로 밝힌 바에 따른다면 (1)본국의 문학사적 평가, (2)대역자의 취향, (3)어학 교재용으로 적합한가의 여부 등의 순서로 되어 있다. 본국 문학사에서는 큰 비중을 갖는 서정주, 유치환, 이상 등을 깡그리 빠뜨린 것도 이러한 기준 설정에서 말미암았다고 볼 것이다. 그런데 정지용의 「압천(鴨川)」, 임화의 「우산 받은 요코하마의 부두」, 김달진의 「용정」, 윤동주의 「별 헤는 밤」, 김조규의 「연길역 가는 길」 등의 수록은 (2)일까 (3)일까. 금방 판단하기는 어렵다. 중국 속의 조선족에 관한 연구논문 「중국 조선족과 그 언어 상황」(1987), 「구 '만주' 한인문학 연구」(1993)를 비롯, 국내에서도 큰 반향을 일으킨 「윤동주의 사적에 대하여」(1985)를 쓴 바 있고, 중국 조선족 단편소설선 『시카고 복만』(1989), 조선족 작가 최홍일의 『도시의 곤혹』(1993) 등을 편역한 바 있는 오무라 씨의 문학관이나 취향이 만주와 관련된 시에로 편향되었다고 볼 수도 있고, 한편 일본을 배경으로 한 시의 선택은 (3)과 관련된 것으로 볼 수도 있지 않을까 싶다. 제주도 문학선인 『탐라의 나라 이야기』(1996)의 편역까지 감안한다면 씨의 편향성이 일목요연해진다. 본국에서 격리된, 그래서 역사의 그늘에 잠긴 소수민족의 삶과 문학에 각별한 친애감을 갖고 있음이 그것. 그렇다면 어째서 재일교포 문학엔 냉담했을까. 따지고 보면 거기엔 나름대로의 사정이 있지 않았을까. 재일교포 문학 연구가들이 이미 수두룩하게 있었음을 염두에 둘 필요가 있다. 주로 재일교포 출신의 연구가들이 큰 목청으로 창작도 하고 권익 주장의 목소리도 지르고, 또 작품 소개도 줄기차게 하고 있었던 것이다.

내가 씨를 처음 만난 것은 제1차 도일중인 1970년 가을이었다. '조선문학의 모임'의 초청을 받아 씨의 연구실에서 한국문학에 대한 무슨 발표를 했을 적이다. 이 모임의 취지에서 인상적인 것은 "일본인이 조선문학을 연구"한다는 점. 순종 일본인으로 조선문학 연구에 나아가는 모임이란, 역사상 처음 시도된 것이었다. 순종 일본인의 손으로 조선문학을 연구하되 '죽을 때까지'(『조선문학』 창간사, 1970. 12) 하겠다는 이 모임의 중심인물이 오무라 씨였다. 어째서 유독 조선문학 연구에 발심을 했을까. 이 물음에 대해서는 나는 아는 바 없다. 다만 그들은 "조선을 사랑하고 조선문학을 사랑"(창간호)하기 때문이라고만 말했을 뿐. 그것은 마음의 흐름(turn of mind)이기에 제3자가 엿볼 수 있는 영역이 아니다. 오늘에까지 줄기차게 이르고 있는 이 '조선문학의 모임'에서 내가 주목해오는 것은 다음 두 가지. 단순한 남북한 작품의 공평한 소개가 아니라 학문적 연구라는 것. 학문적 연구이되, 정밀한 문헌학의 방법론의 실천이라는 사실이 그 하나. 다른 하나는 그러한 연구의 지속성이다. 1970년에서 오늘에 이르기까지 이들의 지속성은 한결같았다. 오무라 교수를 비롯, 사에쿠사(동경 외대), 시라카와(구주 산업대), 세리카와(이송학사 대학), 하타노(니가타 단기대), 후지이시(니가타 대학), 홋테이(서울 동국대) 교수 등을 중심으로, 한일 관계의 심화와 더불어 그 학문적 정밀도를 더하고 있다. 『한일 문학 관계 일본어 문헌 목록』(오무라·홋테이 공편, 1997)과 오무라 편 『國民文學』(1941~1945) 영인본(綠蔭書房, 1998)을 한 가지 사례로 들 수 있다. 전자는 지금까지 나온 이 방면 자료 중 내가 알기엔 제일 정밀한 것이며, 후자 역시 그러하다. 물론 최재서 주간의 『國民文學』의 영인본이 국내에서도 나온 바 있었으나(국학자료원, 1982), 몇 권이 누락되었던 것. 이를 보강하여 거의 완벽판(여기에도 1945년 4월호가 빠져 있으나, 과연 이것이 간행되었는지는 의문)을 내놓고 있다.

오무라 교수에 대해 내가 이렇게 긴 설명을 덧붙인 이유가 이제 분명해졌으리라 믿는다. 앞에서 말한 씨의 개인적 편향(2)과 아울러 '어학 교재'의 성격(3)을 부각시키기 위함이었다. 본국의 문학사적 평가와 (2)가 상충될 수도 있지만, (3)과는 더욱 상충될 수 있지 않겠는가. 이 점에서 나는 소쉬르 편이기보다는 저 불세출의 언어철학자 비트겐슈타인 쪽이다. '말하기 – 듣기'로서의 언어관이란 '언어 시스템'의 틀로 설명된다면, '배우기 – 가르치기'로서의 언어관이란 '언어 게임'의 틀이다. 전자가 양자의 대칭성을 전제로 한 것이라면 후자는 비대칭적이다. 배우는 측이 거부한다면 가르치는 측은 속수무책. 언어 학습이란, 이처럼 비대칭적이라 아니할 수 없다. 가르치는 측과 배우는 측이 게임을 하듯 필사적으로 규칙을 만들어가는 것이 언어 교육의 실상에 가깝다. 소쉬르의 언어 시스템이란 이미 문법 체계를 공유하고 있는 양자의 자족적 현상, 그러니까 일종의 마스터베이션과 흡사하다고 할 것이다. 본국 문학사가 아무리 강요하더라도 배우는 측이 거부하면 없는 것과 흡사한 형국이 아니겠는가. 그러기에 이는 전적이라 할 수는 없다고 해도, 조선어를 일본의 대학에서 배우는 측의 문제인 것이다.

2. 피와 장미

오무라 교수가 선정한 시인 중, 네 편을 수록한 것은 한용운, 임화, 백석, 이하윤, 김조규 등 다섯 명이며, 제일 많은 다섯 편을 수록한 것은 윤곤강, 김달진, 윤동주 등 세 명. 「원숭이」 「야경」 「언덕」 등의 시인 윤곤강의 경우 카프 출신이라는 점과, 해방 뒤의 그의 활동에 주목한 평가로 보인다면, 윤동주의 경우는 선자의 각별한 애착으로 설명될 성질의 것이다. 그렇다면 저 김달진의 경우는 어떻게 설명하면 적절할까. 나는 지금도 이 의문을 풀기 어려운 터이다.

월하 김달진(1907~1989)의 작품은 「체념」 「경건한 정열」 「용정」 「향수」 「황혼」 등 다섯 편이다. 이중 「용정」 「향수」는 『재만 조선 시인집』(1942)에 수록된 것이어서, 재만 조선족에 각별한 관심을 가진 씨의 편향성과 무관하지 않다. 「체념」은 시집 『올빼미의 노래』(1983)에 수록된 것으로, 오무라 씨는 이를 월하의 대표작으로 꼽고 있다. 월하 시에 대한 씨의 총체적 인상은 "종교적인 내적 정신세계를 읊은 점"에서 찾고, 그 때문에 그의 시세계도, 사용된 시어도 "난해한 점"이 적지 않다는 것으로 집약되어 있다.

여기까지는 아무리 우둔한 나도 어느 정도 이해할 만한 것이었다. 그러나 비석처럼 혹은 한겨울의 얼음을 깨뜨리고 솟아오른 잉어나 눈 속에 불쑥 솟아오른 죽순 모양의 저 「경건한 정열」의 수록이란 대체 무엇일까. 오무라 교수의 평생에 걸친 조선문학 사랑하기에서 빚어진, 씨 자신도 의식하지 못한 그런 늪과 같은 그 무엇이 아니었을까.

이 작품에 대해 씨는 다만 이렇게 해설해놓았을 뿐. "「경건한 정열」은 『한국시선』(한국신시 60년 기념사업회 편, 1969)에 수록되어 있다."

　그뿐이다. 어째서 이 작품이 그토록 소중한지, 또는 무슨 이유가 있는지에 대해 일체 언급이 없다. 전체적으로 보아, "종교적인 내적 정신세계"를 다룬 대표작으로 꼽은 것이 아니었을까. 「용정」이나 「향수」란 오무라 교수의 편향성에 지나지 않는 것. 그렇다면 「체념」은 어떠한가. 표제가 잘 말하고 있듯, 연모에 대한 '체념'을 읊은 것이다. 사랑하는 대상(애인)이 있다고 치자. 그 대상은 결코 맺어질 수 없는 운명에 있다. "우리는 진정한 비수(悲愁)에 사는 운명"이니까. 체념할 수밖에 없지 않겠는가.

　　몰래 피었다 떨어지는 꽃잎을 주워
　　싸늘한 입술을 맞추어보자

　이러한 체념에 이르기까지엔 물론 긴 세월이 걸렸으리라. 『시인부락』(1936)으로 서정주, 김동리 등과 동인으로 출발하던 그 시발점에 놓인 월하의 내면 풍경이 「황혼」(1936. 11)에서 선명하다. 젊은이답게 그가 제일 주체하기 어려웠던 것이 '열정'이었다. 월하는 그것을 언제나 '장미꽃'이라는 용어로 상징화하고 있었다. 월하 시학의 초기 키 워드가 '장미꽃'이었음이 그의 시집 도처에서 확인된다. 그것은 갈데없는 연가(戀歌)의 일종.

　　처마 끝에 거미 한 마리 어둔 찬비에 젖는데
　　아 어디어디 빨간 장미꽃 한 송이 없느냐!

　'장미꽃'을 찾아 헤매기로 월하 시학의 역정을 추적할 수 있음은 이 시발점 때문이다. 월하의 첫 시집 『청시』(1940)의 머리에는,

이 열정에의 지향성이 핏빛으로 비석 모양으로 뚜렷하다.

> 하이얗게 쌓인 눈 우에
> 빨간 피 한 방울 떨어뜨려보고 싶다
> ─속속드리 스미어드는 마음이 보고 싶다.(「눈」 전문)

'빨간 피' 와 '장미꽃' 은 등가이다. 이 나라 근대시의 근대성이 '장미꽃' 을 시인에게 강요했던 것. 그러니까 '장미꽃' 은 근대시의 관습(수사학)의 일종일 뿐. 『시인부락』의 동인 미당에 있어서는 "석유 먹음은 듯"한 보들레르적 수사학과 등가였을 터이다. 왜냐면 미당에 있어서도, 출발점은 "장미꽃스러운 것", 그것이었음에서 새삼 확인된다. 피의 뜨거움이 그것.

3. 피 한 방울의 행방(1) ─ 미당의 경우

> 찬란히 티워오는 어느 아침에도
> 이마 우에 언친 詩의 이슬에는
> 몇 방울의 피가 언제나 섞여 있어
> 볕이거나 그늘이거나 혓바닥 느러뜨린
> 병든 숫케마냥 헐떡거리며 나는 왔다(「자화상」 끝연)

미당의 출발점은 이처럼 '이슬에 섞인 몇 방울의 피'에 있었다. 이슬 속에 섞인 피란 무엇인가. 그것은 '물과 불'의 상극관계, 혹은 보들레르 투의 '타오르는 불'이라 할 수 없을까. 평생에 걸친 미당의 시작 행위란, 이마 위에 얹힌 이 '타오르는 불'의 초극 과정이 아니었던가. 이 '타오르는 불'이 인간 미당으로 하여금 온갖

방황에로 내몰았고 천둥과 번개를 동반케 만들었다. 소쩍새 울음
도, 천둥도, '타오르는 불'을 쉽사리 잠재우지 못하였다. 정도령의
부활을 거쳐, 국화 옆에 머물렀어도 '타오르는 불'은 쉽사리 꺼지
지 않았다. 6·25의 충격에서도 사정은 마찬가지. 신라의 저 얼어
붙은 '동천'을 헤매어도, 귀신이 눈에 뵈는 나이 45세에 이른 뒤
에도 이 '타오르는 불'은 꺼지지 않았다. 생명체를 담고 있는 육
신이 얼마나 줄기차고도 질긴 것인가를 여실히 증명해놓고 있었
다. 그러나 '타오르는 불'이란 결국 물질로 구성되었기에 무한정
일 수 없는 법. 탕진의 끝은 어김없이 오는 법. 미당은 이 장면에
서 제목을 붙일 수가 없었다. 시를 쓴 지 42년 만의 일이었다.
「무제」(1968) 전문을 보이면 이러하다.

　　피여. 피여.
　　모든 이별 다 하였거든
　　博士가 된 피여.
　　인제는 山그늘 지는 어느 시골 네갈림길
　　마지막 이별하는 내외같이

　　피여
　　紅疫 같은 이 붉은 빛갈과
　　물의 연합에서도 헤여지자.

　　붉은 핏빛은 장독대 옆 맨드래미 새끼에게나
　　아니면 바윗속 굳은 어느 루비 새끼한테,
　　물氣는 할 수 없이 그렇지
　　하늘에 날아올라 둥둥 뜨는 구름에…….

그러고 마지막 남을 마음이여
너는 하여간 무슨 電話 같은 걸 하기는 하리라.
인제는 아주 永遠뿐인 하늘에서
지정된 受信者도 없이
하여간 무슨 電話 같은 걸 하기는 하리라.

　이슬의 물기는 구름에게 보내고, 피는 맨드라미나 루비에게 보
낼 수밖에 없다는 것. 이때 남는 것은 무엇이겠는가. '마음'이 그
정답이다. 이 마음이란 과연 무엇일까. 따져보면 분명한 해답이
다음처럼 주어진다. 물과 피를 섞이게 한 끈이랄까 매개항이랄까
고리의 몫을 하는 일종의 작용력(作用力)이 아닐 수 없다는 것.
'타오르는 불'을 가능케 한 프라티나(백금선)에 다름아니었던 것.
물과 피가 섞여 일어나는 '타오르는 불'의 현상(반응)은 오직
'마음'이라 부르는 촉매에 의해서였다.
　이 경우 미당이 말하는 '마음'이란 또 무엇인가. 지정된 수신
자도 없이, 영원을 향해 무슨 '전화'(말) 같은 것을 하는 그 무엇
이라는 것. 영원을 대상으로 하는 것이기에 이 '마음'은 이미 영
원의 권속이 아닐 수 없다. 시간·공간을 초월한 존재가 영원이라
면, 이러한 마음을 대표하는 종래의 표현은 넋이나 혼이 아닐 수
없다. 서구의 경우, 가령 『라랑드 철학 사전』의 규정에 따른다면,
혼(âme, Seele, soul)과 정신(esprit, Geist, spirit), 마음(coeur,
Gemüt, mind) 등으로 구분되며, 이중 '마음'은 비학술 용어로
규정되고 있다. 동양적 그래서 주자학적(한국적) 표현으로는 심
(心)이 표준이지만 육체와 결부된 백(魄)과 육체에서 분리된 혼
으로 구분되며, 따라서 송옥(宋玉)의 「초혼」이나 김소월의 「초혼」
도 이 계보에 들 것이다.
　미당이 말하는 '마음'이란, 따라서 '혼'으로 말해도 좋을 것이

다. "내 마음속 우리 님의 고운 눈썹을/즈믄 밤의 꿈으로 맑게 씻어서/하늘에다 옮기어 심어놨더니……"(「동천」)라고 하는, 그 '마음'이기에 이미 혼의 영역으로 옮겨온 경지가 아닐 수 없다. 다만 이 경우 혼이란 심령술의 세계를 연상하기 쉬운 용어상의 한계가 인정된다고 할 것이다. 이른바 저승과 이승의 구별짓기가 그 것. 자칫하면 문화적 영역에서 벗어나 귀신의 세계로 빠져들 위험성이 거기 도사리기 쉽다. '마음'이란 말은, 이러한 위험성에서 벗어날 수 있지만, 잘 따져보면 결과는 마찬가지. 저승의 연상으로 인한 문화적 위험성에 대해 미당은 '혼' 대신 '마음'을 사용함으로써 벗어나고자 했을 터이다.

지금껏 나는 『시인부락』에서 함께 출발한 미당과 월하의 출발점에 놓인 장미꽃과 피를 점검하고, 미당의 경우 피의 초극을 위한 몸부림과 마침내 그 도달점이 혼임을 확인하였다. 영원과의 대화가 가능해진 것이 그 도달점이었다. 그렇다면 월하의 눈 속의 한 방울 '피'와 '장미꽃'의 행방은 어떠했던가.

4. 피 한 방울의 행방(2)─월하의 경우

"하이얗게 쌓인 눈 우에 빨간 피 한 방울 떨어뜨려보고 싶다"라고 젊은 월하가 그의 시업 출발점에서 읊었음에 우선 주목할 것이다. 눈 속에 속속들이 스며드는 그 피의 속도, 색깔, 자취를 보고 싶었던 것이다. 그는 통틀어, 마음이 보고 싶다고 했었다. 그것은 어둠 속에서 '장미꽃' 한 송이를 바라는 심정에 다름아니었다. 이 장미꽃 한 송이란 또 무엇이겠는가. 젊은이에 있어 그것이 연모를 일차적으로 가리킨다는 점은 썩 자연스럽다.

미당의 '금녀'라든가 '유나'와는 달리, 월하는 처음부터 서구

적 품종의 장미꽃 지향성이었는데, 그만큼 관념적이었음을 가리
킴이라 할 것이다. 이 관념성으로 말미암아 어떤 '연모'도 현실적
으로는 그 대상을 차지하거나 확보할 수 없는 법. 이 점에서 월하
는 미당과는 달리 이지적이다. 그것은 일종의 싸늘함이다.

　　봄 안개 자욱히 나린
　　밤거리 街燈은 서러워, 서러워

　　깊은 설움을 눈물처럼 머금었다.
　　마음을 앓는 너의 아스라한 눈동자는
　　빛나는 웃음보다 아름다워라

　　몰려가고 오는 사람 구름처럼 흐르고,
　　청춘도, 노래도 바람처럼 흐르고,

　　오로지 먼 하늘가로 귀 기울이는 凝視—
　　혼자 정열의 등불을 달굴 뿐.

　　내 너 그림자 앞에 서노니, 먼 사람아
　　우리는 진정 悲愁에 사는 운명,
　　多彩로운 행복을 삼가고

　　견디기보다 큰 괴롬이면
　　멀리 깊은 산 구름 속에 들어가,

　　몰래 피었다 떨어지는 꽃잎을 주워
　　싸늘한 입술을 맞추어보자.(「체념」 전문)

작품 「체념」이 월하의 대표작 중의 하나로 인식되는 것은 '장미꽃'의 행방을 묻는 일에 관여되기 때문이다. '체념'이란 그러니까 '연모'에 대한 체념이었다. 월하의 시는 이 대목에서 벽에 부딪쳤다고 볼 것이다. 관념에서 출발한 탓이었다. 대상에 대한 연모의 불가능함에 부딪쳤을 때, 그가 발견해낸 것은 과연 무엇이었던가. '깨달음' 바로 그것이 아닐 수 없다. 대상에 대한 연모가 '나' 자신을 향하기로 이 사정이 설명된다. 대상이 소멸되었거나 접근 불가능이거나 헛것으로 판명되었다면, 문제되는 것은 그러한 것을 상정하고 인식한 '나' 자신이 아닐 수 없기 때문이다. '나'란 이제 무엇인가.

> 빛도 냄새도 없는
> 엷은 象徵처럼 살아가는
> 조그만 내 생명을 생각하고 있었다(「바람」 중에서)

체념한 다음의 '나'란 어떠한가. 장미꽃도 피도 깡그리 사라진 회색의 세계로 돌변하고 있지 않겠는가. 근대 교육에 노출된 젊은 월하의 관념으로서의 연모가 사라진 세계란 이처럼 무색 무취의 단순화된 회색의 세계였던 것. 남은 것이라곤 '조그만 내 생명'에 대한 인식일 뿐. 아직도 인식을 깡그리 떨쳐버린 경지라 할 수 없으나(엷은 상징도 아직 상징이기는 마찬가지인 만큼), 적어도 상징(의미)조차 떨쳐버리기에 한층 가까이 간 것만은 사실이 아닐 수 없다. 만일 원점(제로 지점)이 있을 수 있다면, 그 문턱을 넘보는 경지라 할 것이다. 이 장면이야말로 월하 시의 최고 경지이자 이 나라 근대시의 한 봉우리라고 나는 생각한다. 그것은 관념으로서의 이 나라 근대시를 물리치는 한 사건으로 보이기 때문이다. 월하는 이 경지를 '경건한 정열'이라 불렀다. 이른바 제로 지점(원점)으로서의 공(空)의 경지에 이르기에는 아직 요원한, 그러면서도 피와 장미꽃에서는 썩 멀리 벗어난 경지, 여기에 종교가 아닌, 종교와는 구별되는 '시'의 영분(領分)이 있다고 나는 생각한다. 앞에 든 미당의 「무제」와 동격이라는 「경건한 정열」 전문을 보이면 다음과 같다.

내 살은 大地,
내 피는 太陽,
그리하여 내 生命은

희뿌옇이 밝아오는 窓 앞에
먼 黎明의 장밋빛 치맛자락,
구슬처럼 玲瓏한 바람이 옷깃을 스민다.

경건한 정열, 한 대 線香을 사르노니
가는 연기는 나직한 찬 이마에 어리고
내 魂의 凝視하는 곳은 思念의 저쪽.

더운 입김에 얼어붙는 滄溟 속으로
다는[1] 숨길을 따라 明滅하는 뭇별의 微笑
神을 방석하고 앉아 가만히 이르노니

―빛이 있어라

---

[1] '다는'은, '몸이 달다'에서 보듯 뜨거움을 가리킴. 시집 『올빼미의 노래』(1983) 및 『김달진 詩 전집』(1997)에서는 이 대목이 '다른'으로 되어 있으나, 유족의 호의로 원고를 확인한 결과로도 이는 '다는'의 오식으로 판명됨.

—빛이 있어라

바른 힘은 샘처럼 솟고
사랑은 꽃처럼 피는 동산에
이슬 방울마다 은잔을 받들었다.

내 살은 大地,
내 피는 太陽,
그리하여 내 生命은 바다의 大氣.

(42××년 元旦)

　'엷은 상징'으로서의 '나'란 어떤 경지인가를 위의 시가 잘 말
해주고 있다. 아직도 거기에는, 절대적 경지에 이르지 않은 영역.
시가 머물 수 있는 가장자리랄까 극점이라 할 수 있는 곳. 아직도
정열이 남아 있는 시간과 공간. "장밋빛 치맛자락"이 여명의 창을
가리고 있는 시공 속에 비로소 시가 깃들일 수 있다는 것. 그것은
"장밋빛 치맛자락"조차 깡그리 사라진 종교적 공(空)의 경지와는
아주 먼 거리에 있으면서 동시에 지척의 거리를 두고 있다는 것.
이 점에서 「무제」의 미당보다 월하 쪽이 좀더 확실한데, 왜냐면
전자가 시인의 개성의 발로여서 그 준거가 미당 자신에 귀착됨에
비해, 후자는 저 거대한 불교의 형이상학에 그 준거가 놓이기 때
문이다.
　사념(思念)을 떨친 경지란 무엇이겠는가. '나'(입김)와 우주의
입김이 합일되는 경지 그것이 아니겠는가. '나'의 '작은 생명'이
우주의 질서와 합일됨이란, "神을 방석하고 앉아"야 가능한 법.
그렇다면 '신을 방석하고 앉음'이란 또 무엇인가.

5. 신(神)을 깔고 앉음과 창조로서의 영원

월하가 말하는 신이란 대체 무엇일까. 이 물음은 앞에서 말한 오무라 교수의 문제제기와도 관련이 있다. 오무라 교수는 「경건한 정열」의 대역에서 "신을 방석하고 앉아 가만히 이르노니"를 "履き物を尻に敷いて座って物靜かに言うには"(앞의 책, 101쪽)라 해놓고 있지 않겠는가.

각주에서 이 점을 강조하고 있기조차 하다. '신을 방석하다'라고. '신은 신발'이라고. 이 경우 두 가지 추리가 가능하다. 오무라 교수가 사용한 원전의 어떠함이 그 하나. 다른 하나는, 이 점이 중요하거니와, 시인이 말하는 '神'을 도무지 이해할 수 없음이라 할 것이다. 전자의 경우부터 검토해보기로 한다. 오무라 교수가 이 시의 원전으로 삼은 것은 한국신시 60년 기념사업회(회장 김용호) 편 『한국시선』(1969)이다. 이 시선의 편집 방식, 사무국장 김종문씨의 기록에 따른다면 매수의 제한 없이 '두 편씩을 자선시켰다'(일조각 판, 「읽기 전에」)는 것.

이로 미루어보건대, 회갑을 넘기고도 한 해가 지난 월하가 자기의 시작 생활을 통해 이른 대표작으로 「경건한 정열」과 「바람」을 꼽았음이 확인된다. 그런데 중요한 것은, 제목도 한자로 표기했을 뿐 아니라 大地, 太陽, 生命, 窓, 黎明, 玲瓏, 線香, 魂, 凝視, 滄溟(큰 바다), 明滅, 微笑, 大氣 뿐 아니라 神까지도 한자로 표기하고 있지 않겠는가. "神을 방석 삼아 내가 깔고 앉아 가만히 이르노니"라고 시인은 적었던 것이다. 이처럼 분명한 사실을 두고 어째서 조선어 및 조선문학에 엄격하기로 정평난 오무라 교수가 "신발을 방석 삼아……"라고 읽었을까. 감히 추측건대, 시인이 말하는 '神'의 의미에 곤혹스러웠던 탓이 아니었을까.

　미당의 경우, 이마 위에 얹힌 '이슬 방울에 섞인 피'가 수많은 곡절을 겪어 이슬은 구름으로, 피는 루비(보석)로 환원되고, 드디어 '혼'의 해방이 이루어졌다면, 그래서 혼은 신라 천 년을 넘나들고 선덕여왕과 데이트도 즐길 만한 경지에 이르렀다면, 그러니까 이 해방감이 너무 지나쳐 무엇이든지 할 수 있는, 이른바 준거(구속)의 근거조차 물리치는 경지여서 자칫하면 시의 영분(領分)에서 벗어날 위험성조차 있는 것이라면('영매'를 둘러싸고 펼쳐진 김종길씨와의 논쟁을 상기할 수 있다), 월하의 경우는 사정이 썩 다르다고 볼 것이다. '피'라든가 '장미꽃'은 태양으로 돌려주었고, 살은 대지에다 되돌려주면 되는 것. 그렇다면 '내 생명'은 무엇인가. 이것은 대기(구름과는 다름)에로 되돌려주면 되는 것. 하늘(대기), 땅, 그리고 태양으로 환원되어버린 뒤의 '나'란 무엇인가. 공(空)에 접근된 것이 아닐 수 없다. 아니, 아직 그렇지 않다. 단지, '사념'이 초극된 경지가 아닐 수 없다. 그렇다면 '혼'이란 무엇인가.

　나는 이 대목에서 크게 당황한다. 살을 대지에 되돌려주고, 피를 태양에게 되돌려주고, 생명을 대기에 되돌려준다는 것은, 애당초 그런 것들이 거기서 왔기 때문이다. 여기까지는 쉽사리 이해될 수 있다. 그렇다면 '혼'이란 또 무엇인가. 생명과는 별개로 존재하는 그 무엇이 아닐 수 없다. 아마도 혼이란, 살과 피와 생명과 별개로 존재하는, 그래서 살과 피와 생명을 묶게끔 한 그 어떤 힘(作用態)을 가리킴이 아니었겠는가. 미당과 다른 점이 여기에서도 뚜렷하다. 미당에겐, '생명'의 인식이 결여되어 있기 때문이다. 그만큼 미당의 자유는 큰 것이었지만, 월하의 경우, 생명 너머로 혼이 아직도 버티고 있지 않겠는가.

　이 혼은, 적어도 월하에게도 극복의 대상일 수 없다. 다만 혼을 달래어 혼으로 하여금 '사념'을 초극케 할 수밖에 도리가 없다. 그렇다면 혼을 다독거려 사념을 극복하게 했을 때 열리는 경지란 무엇인가. 신조차 방석 삼아 깔고 앉은 경지가 아닐 수 없다. 이 경우 신을 방석 삼아 깔고 앉는 주체는 누구인가. 물을 것도 없이 '혼'이다. 그렇다면 '신'이란 무엇인가.

> ……모든 것 오직 나아감이 있을 뿐─신과 함께.
> ……모든 것 오직 뚜렷이 익어갈 뿐─영원과 함께.(「오후의 사상」 끝연)

월하가 말하는 '신'이란, 이처럼 시간 진행의 끝을 가리킴에 지나지 않는다. 영원과 신이 동격일지라도, 전자가 '익어감'을 가리킴이라면, 신이란 시간적 진행형에 다름아니었다. 이 시간적 진행 속에 있는 것이 '나의 생명'이 아닐 것인가. '나'의 살아가는 처지에서 보면, 살아온 모든 시간적 체험이란 나아감(진행형)이 아닐 수 없다.

> 인간은 어떠한 때 어떠한 곳에서나 각기 그때, 그곳의 신을 보며 생활하는 것이다.
> 그러나 그 모든 신은 언제나 하나의 신…… '자기 자신'이라는 일신의 환상에서 일어날 수 있는 어떤 것이다.(「삶을 위한 명상」, 김달진 산문 전집 『산거일기』, 문학동네, 137~138쪽)

'나'의 시간적 진행이 '신'이라면, 그것의 정지된 상태가 '영원'이다. 그러기에 영원이란 경과의 다른 이름이 아닐 수 없다. 공간을 떠났으매 편재(偏在)요, 시간을 떠났으매 영원인지라 시공을 초월한 거기에는 시공의 진행이 서로 융합한다. 이 경지에서 월하가 놀라운 시적 깨달음에 이르고 있어 인상적이다.

　　진공(眞空)에는 시간과 공간이 없다.
　　그러나 그것은 허무가 아니다.
　　진공은 끊임없는 창조에 호흡한다. 그러나 허무는 죽음이요 파
멸이다.(『산거일기』, 98쪽)

　　이 장면에서 다시 「경건한 정열」을 되돌아볼 것이다. '神을 방
석하고 앉아 가만히 이른다는 것' 그것은 이제 시간의 진행이 일
단 정지되었음을 가리킴인 것. 그 다음의 장면이 '영원'임은 불문
가지. 새로운 세계가 '창조'되는 놀라운 장면이 벌어진다. 우주
창생의 비밀인 '빛이 있어라'가 그것. 영원 속의 창조, 창조 속의
영원. 영원이란 창조의 별칭이었던 것. 창조의 세계가 열리는 장
면이 아닐 수 없다. 아직 '혼'이 버티고 있기는 하나, 그래서 진
정한 공(空)의 세계에 이른 것은 아닐지라도, 그러기에 종교에로
한 발을 들여놓고 있기는 하나, 창조된 세계란 시적인 화엄(華嚴)
의 세계를 연출하고 있어 보인다.

　　바른 힘은 샘처럼 솟고
　　사랑은 꽃처럼 피는 동산에
　　이슬 방울마다 은잔을 받들었다.

　　월하의 시가 이른 정점이 아닐 수 없다. 오무라 교수 역시 이런
사실은 나름대로 파악하고 있었으리라고 나는 믿는다. 다만 이처
럼 비약적인 이미지를 한·일 대역판에서는 소화하기 어렵다고
판단하지 않았을까.

6. 유(有)의 철학과 공(空)의 사상

　바른 힘이 샘처럼 솟는 경지, 사랑이 꽃처럼 피는 공간. 영원은 창조라는 것. 이를 두고 시적 화엄의 세계라 불러도 되는 것일까. 나는 이 점에 대해 당혹감을 아직도 감추기 어려운 상태에 놓여 있다. 그것은 내 조급성과도 무관하지 않다. '월하 김달진의 경우'라는 부제로 내가 「시와 종교의 길」(『문학동네』 1997년 겨울호)을 발표한 바 있거니와, 이 글에서 내가 분석 대상으로 삼은 초점 작품은 「벌레」(『죽순』 1979년 봄호)였다. 다시 이를 보이기로 한다.

　　고인 물 밑
　　해금[2] 속에
　　꼬물거리는 빨간
　　실낱 같은 벌레를 들여다보며
　　머리 위
　　등뒤의
　　나를 바라보는 어떤 큰 눈을 생각하다가
　　나는 그만
　　그 실낱 같은 빨간 벌레가 되다

　'나'가 물 속의 실지렁이떼를 바라보고 있노라니, 그런 '나'를 바라보고 있는 '어떤 큰 눈'을 의식했다는 것. 이 '어떤 큰 눈' 때문에 '나'는 한낱 실지렁이가 되지 않을 수 없다는 것. 그러기

---

　2)　'해감'의 경상도 사투리. 물 속에 생기는 썩은 냄새 나는 찌끼.

에 '어떤 큰 눈'이란 '나'를 공포의 도가니로 몰고 갈 수밖에. '나'와 실지렁이가 동류라는 인식에 이르기가 그것.

이 경지란, 저 헤겔이 말하는 자기 의식일까 혹은 다른 어떤 세계일까. 그로부터 나는 새벽마다 권기중 교수의 심도 있는 대승불교의 교리를 들었으며, 『반야경』 『화엄경』 심지어 티베트 불경까지 조금씩 혼자서 공부했고, 또 모르는 점은 여러 선학들에게 묻곤 했다. 그러나 그 어느 경우도, 법(法)이라든가 공(空)의 사상이란 내가 이해하기엔 역시 무리였음을 깨닫지 않으면 안 되었다. 오히려 저 니시다 기타로(西田幾太郎)의 '장소(무)의 사상'이 내겐 이해하기 쉬웠다. 이러한 헤맴 속에서 어렴풋이나마 뭔가 알아차릴 수 있었던 것은 『반야경』이 설하는 공(空)의 사상을 공부함에서였다.

두루 아는 바와 같이 『반야경』계의 사상이란 단숨에 완성된 것이 아니고, 수백 년에 걸쳐 많은 부파(部派)들의 논전을 통해 형성된 것이기에, 그 논전의 단계적(역사적) 분석 없이는 올바로 이해될 성질의 것이 아니다. 신앙의 경우에서도 예외일 수 없음은 새삼 말할 것도 없다.

불멸(佛滅) 후 불교 교단은 상좌부와 대중부의 두 부파로 갈라졌다가 잇달아 세분되기 시작해서 마침내 18부에서 20부에 이르게 된다. 여기에는 갖가지 원인, 곧 교의라든가 계율에 대한 해석의 차이도 있고, 훌륭한 지도자가 등장, 그를 중심으로 모인 그룹이 독립되는 경우도, 지리적 지방색의 이유도 있었다. 이들 부파들이 서로 경쟁하면서 각기 슈투파(석가의 유골을 모신 탑) 근처에 대규모의 절을 세워 정진했다. 슈투파란 재가신자(在家信者)들이 부처에게 기증한 것으로 불재(佛財)인 까닭에 절과는 별도로 관리, 운영되었다. 그렇다면 절의 재산은 어디서 왔던가. 왕이나 부호들이나 조합의 우두머리 등의 세금이나 헌납으로 승단이 유지되었다. 절에서 집단 생활하는 비구들은 경제적으로 안정되어 학문과 수도에 몰두하게 된다. 정치한 학문의 체계가 구축되었음은 불문가지. 여기서 지적될 사항은, 그러니까 엘리트의 세계로 치닫지 않을 수 없었다는 사실. 재가신자로서는 도저히 이해할 수도 실천할 수도 없는 거대한 형이상학이 구축된 것이었다. 불교란 이 선발된 전문가들만의 구원으로 될 수밖에 없는 지경에 이르렀다. 이를 소승이라 부를 것이다. 여기에까지 이르지 못한 수많은 대중을 위해 새로운 종파의 출현이 불가피했다. 대승으로 말해진 『반야경』계의 사상이 등장하는 것은 당연한 추세라 할 것이다.(『화엄경』이 인도와는 관계없는, 실크로드 한복판의 '우전于闐'에서 만들어졌음은 별로 놀랄 일이 아니다.) 이 소승 쪽의 최고의 철학적 표현이 이른바 '유의 사상'(說一切有部, 불멸 3백 년경에 시작 5세기경에 완성)이며 대승측의 체계화가 『반야경』계의 이른바 공(空)의 사상으로 되어 있다.

　잘 알지도 못하면서 내가 여기까지 이끌어온 것은 오직 다음 한 가지 사실을 조금 엿보기 위함이다. 곧 유부(有部)의 사상이 불교의 존재론을 설명하는 단계 중의 하나라는 점이 그것. 이른바 달마(法)란 '사물'이나 '존재'를 가리킴일 터이다. 그렇다면 이 것은 무상(無常)한 것인가 항상(恒常)한 것인가. 무상과 항상의 두 종류의 세계에 공통으로 놓여 있는 본질적 존재란 무엇인가. 유부의 철학은 무상한 자기와 세계 속에 '확고한 것'이 있다는 전제 아래 그것을 탐구하는 사상 운동이었다. 모든 것이 무상하다, 모든 것이 괴로움이다, 모든 것이 무아(無我)이다, 라는 것은 『아함경(阿含經)』(석가의 언행록)의 기본항이 아니었던가. 이 경우 '모든 것'이란 이른바 오온(五蘊; 감수작용, 표상작용, 형성작용, 식별작용을 가리킴)을 가리킴이다. 이를 다시 12처(處) 18계(界)로 범주화하기도 하고, 유위(有爲), 무위(無爲), 유루(有漏),

무루(無漏) 등으로 범주화하기도 한다. 여기서 주목할 것은 의식의 대상인 법(法)이란 사고의 대상이라는 점. 우리는 추상적인 것도 사고할 수 있고, 열반이나 공간이나 비존재, 곧 무위(無爲)조차 사고할 수 있다. 이러한 사고되는 것을 존재라 할 것이다. 그렇다면 '무존재'도 또한 '존재'라 불러야 하지 않겠는가. 유부의 사상은 법을 '독자의 성질을 가지기에 법이라 한다'고 정의한다. 독자(獨自)의 성질이란 '타와 공통되는 성질'과 대비되는 용법이다. 독자의 존재(본체)란 실체와 동의가 아닐 수 없다. 『반야경』계에서는 존재, 사물은 모두 공(空)이라 한다. '독자의 성질이나 존재'란 없다는 것이다. 무존재도 또한 존재라 보는 유부의 사상에 대해 불이(不二, 그런 것은 없다)라 비판하는 것도 이 때문이다.

'유부'냐 '불이'냐에 대해 내가 여기서 헛된 언어를 낭비할 이유란 없다. '모든 만들어진 것은 무상하다'(諸行無常)는 불교의 기본명제를 설명함에 있어 유부의 철학이 취한 태도 엿보기에서 월하의 시의 도달점 하나를 비춰보기 위함일 따름.

앞에서 본 대로, 유부의 철학에 있어 본체란 항상적인 것이다. 그런데 그것이 작용하여 현상으로 나타날 때는 '현재 한순간뿐'이라는 것. 본체가 삼세(과거, 현재, 미래)에 실제로 있다고 하면서 다른 한편 모든 만들어진 것은 순간적 존재에 지나지 않는다 함은 이 때문이다. 이를 좀더 엿보기로 한다. 우리는 '제행무상'의 세계에 살고 있다. 유부의 철학자는 이 세계를 초월한다. 가령 어항 속에 고기가 들어 있다고 치자. 우리가 바깥에 서서 어항 속을 들여다본다. 고기가 오가며 수초나 돌멩이 틈 속에 숨기도 하는 것이 보인다. 요컨대 어항 속 전체가 훤히 파악된다. 이 경우 고기들이 숨기도 나타나기도 하지 않겠는가. 어항 속에서도 그러하지만 어항 바깥에서 볼 때도 그러하다. 어항도, 수초나 돌멩이도, 고기도 항상 있는 것이다. 이 세계의 사정도 같지 않겠는가. 세계를 바깥에서 바라보는 어떤 눈(초월적 이성)의 시선에서 보면 모든 무상한 것의 생사 및 유전이란 단지 모양의 다름에 지나지 않는다. 모든 것이 시작부터 마지막까지 '존재하고 있다'고 할 것이다. 이러한 시선이란 무엇인가. 탈속적인 출가자의 시선이며 성자의 철학이라 할 수 없겠는가. 고도의 수련을 겪어 거의 신과 같은 단수에 이른 정예 엘리트(이를 스스로 아라한 阿羅漢이라 함)만이 가질 수 있는 시선이 아닐 수 없다. 재가신자나 민중 또는 얼치기들이란 어림도 없는 시선이 아닐 수 없다. 이 '아라한'의 사상이 '보살(보살마하살)'의 사상과 격이 다름은 새삼 말할 것도 없다.

여기까지 이르면, 앞에서 내가 어째서 작품 「벌레」에 주목했는지가 조금 드러나지 않았을까. 고인 물 밑에 꼬물거리는 벌레가 있다. 바깥에서 '나'가 물과 물 속의 벌레를 바라보고 있다. 그런데 또다른 어떤 시선이 그러한 '나'를 바라보고 있지 않겠는가. 벌레와 '나'를 한꺼번에 바라보는 시선에 따른다면 '나'와 '벌레'란 동일선상에 있다. 이는 헤겔의 자기 의식과 구별된다. 시선이 자기 의식보다 하나 더 있기 때문이다. 외부 관찰적 개체를 논할 때 타인이 본 '나'를 분석하는 형국으로 되어 있음을 상기할 것이다. 이는 부파 불교의 설리 방식이어서 나에 대한 나를 자각하여 규정하는 방식과는 다르다.

7. 시인과 아라한

「벌레」를 놓고 여기까지 이르게 되면 나는 이제 한 고비에 이른 셈이다. 시와 종교의 갈림길에 이르렀기에 그것은 그러하다. 시로서는 더이상 논의할 수 없다면 남은 것은 종교가 아닐 수 없다.

월하, 그는 과연 '아라한(arhat)'을 지향했던가. 이런 물음은 내가 던져볼 성질의 것이 못 된다. 기껏해야 나는 그가 『산거일기』라는 문학적 표현 속에다 남겨놓은 한 구절을 인용해 보일 수가 있을 뿐이다.

(가) 나는 우선 무지한 무리들의 소승(小乘)이라는 나무람을 달게 받으며 부처님의 본뜻을 몰래 지니리라.(172쪽)

(나) 청정하고 겸손한 복종이 있는 곳에 모든 명령은 신의 예지에서 오는 교시(敎示)로 정화되나니, 나는 또한 프란체스코의 겸손의 미덕을 배우리라.

이것은 속세의 소란함을 가라앉히는 데 도움도 되겠거니와 내 침묵과 집착은 다만 그것으로나마 어떤 누구에의 위안과 행복에 참여하기도 하리라.(172쪽)

(다) 신앙을 구하는 마음은 진(眞)을 구하는 마음이 아니라, 실은 무한한 욕구에 지친 나머지의 생의 나태에 불과한 것이 아닐까?(172쪽)

(라) 방랑이란 곧 탐구의 대명사일 것이다. 인간의 방랑벽! 인생의 모든 창조적 동기의 원천이 아닌가.(173쪽)

(가)~(라) 중 내가 조금 엿본 것은 「벌레」를 통한 (가)라 할 것이다. 나머지는 누군가에 의해 따로 밝혀질 성질의 것이리라. 시적 행위란, 그러니까 시인이 된다는 사실 자체가 벌써 '소승적 행위'인지의 여부도 따로 밝혀질 과제가 아닐 것인가. 작위적 행위가 시작 행위라면, 원리적으로는 그것은 '보살 행위'일 수 없지 않겠는가.

시인 약력

강세화 1951년 울산에서 태어나, 1983년 『현대문학』으로 등단했다. 시집으로 『손톱, 혹은 속눈썹 하나』 『사인탑승』(공저), 『그리운 낌새』 등이 있다.

고두현 경남 남해에서 태어나, 1993년 중앙일보 신춘문예로 등단했다. 현재 한국경제신문 문화부 기자로 있다.

김경수 1958년 부산에서 태어나, 1993년 『현대시』로 등단했다. 시집으로 『하얀 욕망이 눈부시다』가 있다.

김교한 1928년 경남 울산에서 태어나, 1966년 『시조문학』으로 등단했다. 시조집으로 『분수(噴水)』가 있다. 마산 시조문학회장, 경남 국어교육원장, 한국 시조시인협회 부회장을 지냈으며, 마산시문화상, 성파 시조문학상, 노산문학상을 수상하였다.

김명순 1976년 경북 포항에서 태어나, 김달진 문학제 기념 제1회 월하전국 백일장 대학 일반부 장원을 수상했다.

김석규 1941년 경남 함양에서 태어나, 1965년 부산일보 신춘문예로 등단했다. 시집으로 『파수병』 『늪에다 던지는 토속』 『풀잎』 『백성의 흰 옷』 『남강하류에서』 『산상영음』 『대문을 열어놓고』 외 다수가 있다. 경남문화상, 현대문학상, 부산시인협회상을 수상했다. 현재 울산 서 여상고교 교장으로 재직중이다.

김우태 경남 남해에서 태어나, 부산대 국문과를 졸업했다. 1991년 서울신문 신춘문예로 등단했다.

김종길 경북 안동에서 태어나, 고려대 영문학과를 졸업했다. 1947년 경향신문에 「문(門)」이 입선되어 문단에 나왔다. 시집으로 『성탄제』 『황사현상』, 시론집으로 『시론』 『진실과 언어』 『시에 대하여』, 산문집으로 『산문』 등이 있다. 한국 시인협회 회장, 고려대 영문학과 교수를 지냈으며, 현재 고려대 명예교수와 예술원 회원으로 활동하고 있다.

나태주 1945년 충남 서천에서 태어나, 1971년 서울신문 신춘문예로 등단했다. 시집으로 『대숲 아래서』 『누님의 가을』 『막동리 소묘』 『그대

지키는 나의 등불』『굴뚝각시』『추억의 묶음』『풀잎 속 작은 길』 외 다수가 있다. 제3회 흙의 문학상을 수상했다.

류경일 1964년 경남 산청에서 태어나, 1991년 『우리문학』으로 등단했다.

문영 1953년 경남 거제에서 태어나, 1988년 『심상』으로 등단했다. 시집 으로 『그리운 화도(花島)』가 있다. 1998년 울산시문화상을 수상했 다.

문옥영 충남 천안에서 태어나, 1994년 『심상』 신인상으로 등단했다.

문인수 1945년 경주 성주에서 태어나, 1985년 『심상』으로 등단했다. 시집 으로 『늪이 늪에 젖듯이』『세상 모든 길은 집으로 간다』『뿔』이 있 다. 제4회 대구문학상을 수상했다. 영남일보 기자를 거쳐 현재 '경 제정의실천운동연합'에서 일하고 있다.

박명영 1968년 경남 진해에서 태어나, 1995년 『경남문학』 신인상으로 등단 했다.

박미경 1962년 경북 포항에서 태어나, 1996년 『경남문학』 신인상으로 등단 했다.

박종해 1942년 울산에서 태어나, 『세계의 문학』으로 등단했다. 시집으로 『이 강산 녹음방초』『고로쇠 나무 아래서』 외 다수가 있다. 1998년 울산시문화상을 수상했다. 현재 대구동부여고 교장과 '오영수문학 상' 운영위원직을 맡고 있다.

박찬 1948년 전북 정읍에서 태어나, 1983년 월간 『시문학』으로 등단했 다. 시집으로 『수도꼭지 이야기』『그리운 잠』『화염길』이 있으며, 실크 로드 기행문집 『우는 낙타의 푸른 눈썹을 보았는가』가 있다. 현재 대한매일신문 문화부 기자로 있다.

박철석 경남 거제시에서 태어나, 1955년 『현대문학』에 시 「까마귀」로, 1958 년 『자유문학』에 평론으로 등단했다. 시집으로 『목련』『까마귀』『실 내악』『하단의 바람』『외로운 귀 하나』 등이 있으며, 평론집 『한국 현대시인론』『한국문학사론』 등과 편저 『새발굴 청마 유치환의 시 와 산문』 등이 있다. 동아학술상을 수상했다. 일본 국립 쓰쿠바 대 학 파견 교수 및 동아대 국문과 교수를 지냈다.

박태일 1954년 경남 합천에서 태어나, 1980년 중앙일보 신춘문예로 등단 했다. 시집으로 『그리운 주막』『가을 악견산』『약쑥 개쑥』 등이 있고, 『가려뽑은 경남·부산의 시(1)─두류산에서 낙동강에서』를 엮었다. 제1회 김달진문학상을 수상했다. 현재 경남대 국문과 교수로 재직중이다.

설창수 1916년 경남 진주에서 태어나, 1998년에 작고했다. 시집으로 『창명』『삼인집』『성좌 있는 대륙』『설창수 전집』외 다수가 있다. 진주시문화상, 눌원문화상, 경남문화상, 예총예술대상, 전국향토문화대상 등을 수상했다.

성윤석 1966년 경남 창녕에서 태어나, 1990년 『한국문학』신인상으로 등단했다. 시집으로 『극장이 너무 많은 우리 동네』가 있다.

손진은 1959년 경북 안강에서 나서, 1987년 동아일보 신춘문예로 등단했다. 시집으로 『두 힘이 숲을 설레게 한다』『눈먼 새를 다른 세상으로 풀어놓다』가 있다. 현재 경주대 문창과 교수로 재직중이다.

손택수 1970년 부산에서 태어나, 1998년 한국일보 신춘문예와 국제신문 신춘문예로 등단했다.

송수권 1940년 전남 고흥에서 태어나, 1975년 『문학사상』으로 등단했다. 시집으로 『산문에 기대어』『꿈꾸는 섬』『새야 새야 파랑새야』『별 밤지기』등이 있고, 역사기행집으로 『남도기행』『남도의 맛과 멋』등이 있다. 문공부예술상, 소월시문학상, 제7회 김달진문학상을 수상했다. 현재 초당대학 겸임교수로 재직중이다.

송유미 1989년 『심상』신인상으로 등단했다. 시집으로 『허난설헌은 길을 잃었다』『파가니니와의 대화』외 다수가 있다. 현재 문예비평지 『게릴라』의 편집을 맡고 있다.

송재학 1955년 경북 영천에서 태어나, 1977년 매일신문 신춘문예로 등단했다. 시집으로 『살레지오의 집』『얼음시집』『푸른빛과 싸우다』『그가 내 얼굴을 만지네』등이 있다. 제5회 김달진문학상을 수상했다.

송창우 1968년 부산 가덕도에서 태어나, 1994년 『현대문학』으로 등단했다.

엄국현 1952년 경남 밀양에서 태어나, 1977년 『현대시학』으로 등단했다. 시집으로 『집』『그대 사는 마을까지』가 있다. 현재 인제대 국문과 교수로 재직중이다.

엄원태 대구에서 태어나, 1990년 『문학과사회』로 등단했다. 시집으로 『침엽수림에서』『소읍에 대한 보고』등이 있다. 현재 효성가톨릭대 조경

학과 교수로 재직중이다.

우무석 1959년 경남 마산에서 태어나, 1983년 제1회 개천문학 신인상을 받았고, 1985년 『지평』을 통해 문단에 나왔다.

원은희 1960년 경남 사천에서 태어나, 1992년 『조선문학』 신인상으로 등단했으며, 1995년 동아일보 신춘문예에 시조가 당선되었다. 1996년 남명문학상을 수상했으며, 시집으로 5인 공동시집 『시인은 다섯 개의 긴 더듬이를 가지고 있다』가 있다. 현재 『경남문학』 사무국장으로 있다.

유안진 경북 안동에서 태어나, 1965년 『현대문학』으로 등단했다. 시집으로 『달하』 『물로 바람으로』 『그리스도, 옛애인』 『월령가, 쑥대머리』 등 다수가 있다. 수필집 『그리운 말 한마디』 『부르고 싶은 이름으로』 『내 영혼의 상처를 찾아서』 등과 장편소설 『바람꽃은 시들지 않는다』 『다시 우는 새』가 있다. 현재 서울대 아동학과 교수로 재직중이며, '문채' 동인으로 있다.

윤흥조 경남 합천에서 태어나, 1996년 『현대시학』으로 등단했다. 부산여성문학인회 이사이며, 계간 『시와 사상』 편집장으로 있다.

이규리 경북 문경에서 태어나, 1994년 『현대시학』으로 등단했다.

이동순 1950년 경북 안동에서 태어나, 경북대 국문과와 동대학원을 졸업하고, 1973년 동아일보 신춘문예로 등단했다. 시집으로 『개밥풀』 『물의 노래』 『지금 그리운 사람은』 외 다수가 있다. 저서로 『민족의 정신사』가 있고, 『백석 시 전집』을 엮었다. 현재 영남대 국문과 교수로 재직중이다.

이동재 인천시 강화군 교동도에서 태어나, 1998년 『문학과의식』으로 등단했다. 현재 남원 서남대 국문과 교수로 재직중이다.

이문재 1959년 경기도 김포에서 태어나, 1982년 『시운동』 4집에 시를 발표하면서 문단에 나왔다. 시집으로 『내 젖은 구두 벗어 해에게 보여줄 때』 『산책시편』 『마음의 오지』가 있다. 제6회 김달진문학상을 수상했다. 현재 『문학동네』 주간으로 있다.

이선관 1942년 경남 마산에서 태어나, 민족문학작가회의 회원으로 활동중이다. 시집으로 『창동 허새비의 꿈』 『지구촌에 주인은 없다』 외 다수가 있으며, 1987년 마산시문화상을 수상했다.

이성선 1941년 강원도 속초에서 태어나, 1970년『문학비평』으로 등단했다.
       시집으로『시인의 병풍』『하늘문을 두드리며』『몸은 지상에 묶여
       도』『밧줄』『나의 나무가 너의 나무에게』외 다수가 있다.

이월수 1940년 경남 산청에서 태어나, 1960년『영문』으로 등단했다. 시조
       집으로『학연가』『인연』『별이 되고, 풀잎이 되고』가 있고, 수상집
       으로『가슴에 흐르는 빗소리』『세상에 공짜는 없다』가 있다. 경남
       신문 논설위원을 지냈으며, 제3회 김달진문학제 대회장을 맡았다.

이은봉 1953년 충남 공주에서 태어나, 1984년 창작과비평 신작 시집『마침
       내 시인이여』에 작품을 발표하며 문단에 나왔다. 시집으로『무엇이
       너를 키우니』외 다수가 있고, 평론집으로『실사구시의 시학』『진
       실의 시학』등이 있다. 현재 광주대 문창과 교수로 재직중이다.

이하석 1948년 경북 고령에서 태어나, 1971년『현대시학』으로 등단했다.
       시집으로는『투명한 손』『김씨의 옆얼굴』『우리 낯선 사람들』『측
       백나무 울타리』『금요일엔 먼 데를 본다』가 있다. 김수영문학상, 제
       4회 김달진문학상을 수상했다.

장옥관 경북 선산에서 태어나, 1987년『세계의문학』으로 등단했다. 시집으
       로『황금연못』『바퀴소리를 듣는다』가 있다.

장호   1929년 부산에서 태어나, 1952년『신생공론』으로 작품활동을 시작
       했다. 시집으로『북한산 벼랑』『신발이 있는 풍경』등이 있고, 시극
       집으로『수리뫼』가 있다. 논저로는『희랍비극론』『한국시의 비교문
       학』이 있으며, 수상집으로는『한국명산』외 다수가 있다. 동국대 교
       수를 거쳐 같은 대학 명예교수로 있다가 1999년에 작고했다.

전기수 1928년 경남 김해에서 태어나,『현대문학』으로 등단했다. 시집으로
       『기원』『잔설』『봄편지』『산골의 봄』『남해도』『밤바람에게』『전기
       수 시선』외 다수가 있다. 한국현대시인상, 경남문화상, 경남문학상
       을 수상했다.

최동호 1948년 경기도 수원에서 태어나, 1976년 시집『황사바람』으로 작품
       활동을 시작했다. 시집으로『황사바람』『아침책상』『딱따구리는 어
       디에 숨어 있는가』와 시론집『현대시의 정신사』『불확정 시대의 문
       학』등 다수가 있으며,『헤겔 시학』『문심조룡』등을 우리말로 옮겼
       다. 현재 고려대학교 국문과 교수로 재직중이다.

최문자　1943년 서울에서 태어나, 1982년『현대문학』으로 등단했다. 시집으로『귀안에 슬픔만 있네』『나는 시선 밖의 일부이다』외 다수가 있다. 현재 협성대 문예창작학과 교수로 재직중이다.

최일성　1947년 울산에서 태어나,『예술계』신인상을 받고 문단에 나왔다. 시동인지『변방』동인이며, 시집으로『새벽을 뚫고 나온 화살』이 있다. 현재 울산문인협회장을 맡고 있다.

하연승　1933년 경남 진주에서 태어나, 1951년『영문』으로 등단했다. 시집으로는『이슬의 탄생』이 있다. 제7회 불교시민문화상을 수상했다.

하영　1946년 경남 마산에서 태어나, 1989년『문학과의식』으로 등단했다. 시집으로『너 있는 별』『빙벽 혹은 화엄』등이 있고, 현재『경남문학』부회장을 맡고 있다.

황선하　1931년 경남 진해에서 태어나, 1962년『현대문학』으로 등단했다. 시집으로『가자 아름다운 나라』『이슬처럼』이 있다. 경남문화상을 수상했고, 제1회 김달진문학제 대회장을 맡았다.

당신의 마당

| 초판인쇄 | 1999년 6월 1일 |
| 초판발행 | 1999년 6월 10일 |

지 은 이	김종길 외 50인
엮 은 이	김달진문학제 운영위원회
펴 낸 이	강병선
펴 낸 곳	(주)문학동네
출판등록	1993년 10월 22일 제22-188호

주　　소	110-521 서울시 종로구 명륜동 1가 31-9
하 이 텔	podo1
천 리 안	greenpen
인 터 넷	www.munhak.com
전화번호	765-6510~2, 743-2036, 743-9324~5
팩　　스	743-2037

ISBN 89-8281-192-3 03810
* 잘못된 책은 바꿔드립니다.